生と死のことば

中国の名言を読む

川合康三
Kouzou Kawai

Eurus
Notus
Boreas
Zephyrus

岩波新書
1683

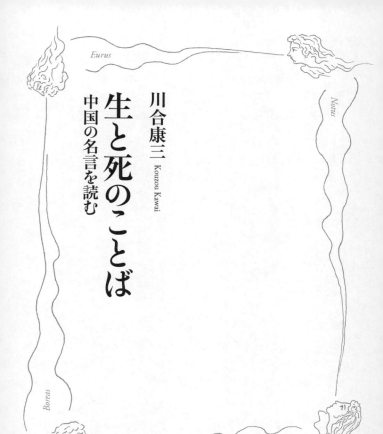

目 次

一　生とは何か、死とは何か

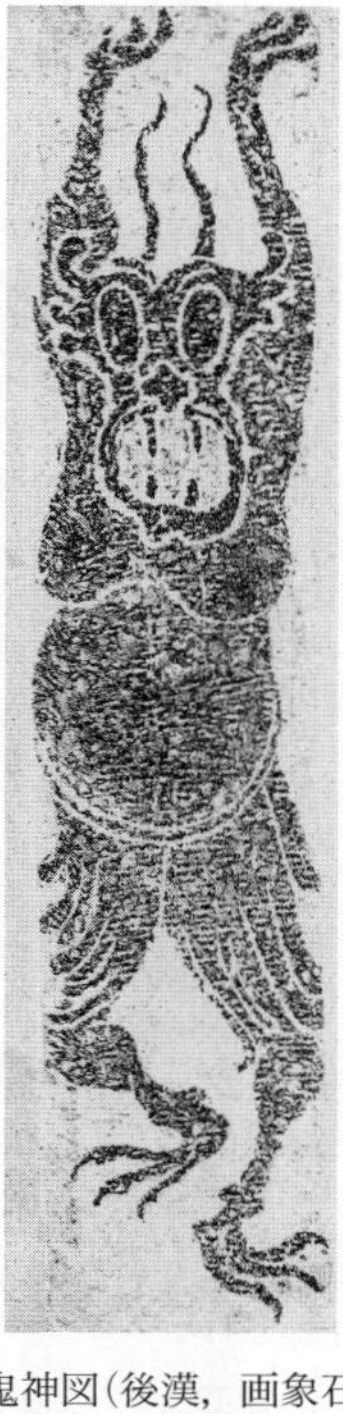

鬼神図（後漢，画象石拓本，南陽漢画館蔵）

1　生も死もわからない

未《いま》だ生《せい》を知《し》らず、焉《いず》くんぞ死《し》を知《し》らんや。

未知生、焉知死。

生もわからないのに、死がわかるはずはない。

（『論語』先進篇）

この本は「生と死」に関する中国のことばを読んでいくつもりですが、いきなり「生も死もわかりはしない」という孔子（前五五二～前四七九）のことばから始めることになりました。

生とは何か、死とは何か、人々はずっとこの問題を考え続けてきました。生の向こうにある死、それにどのように対処したらいいのか。なんとか死というものを解き明かし、死の恐れから解放されたい、そんな思いからさまざまなことばが生まれてきました。しかし孔子が言うように、結局死というものはわからない、というところに行き着くのではないでしょうか。人が生きている限り、あるいは人が死ぬ存在である限り、結論はなさそうです。おそらくこの先も人々は悩み続け、そしていつになっても解決はできないことでしょう。

そうであるにしても、過去の人々がどのように悩み、迷ってきたか、先人のことばを知ることは、わたしたちの死に対する考えにたくさんの示唆や慰撫《いぶ》を与えてくれるはずです。中国の先哲や文人が死に関して何を語ってきたか、見ていくことにしましょう。

冒頭に掲げたのは『論語』先進篇のなかの一条ですが、『論語』は周知のとおり、首尾一貫した書物ではありません。孔子の語ったことばを弟子たちが集めた断片から成り立っています。先の句を含む一条の全体は、次のようなものです。

季路《きろ》が鬼神《きしん》にはどのように仕えたらよいのか、尋ねると、孔子が言った。

——人に仕えることもできないのに、どうして死者に仕えられようか。

子路は思い切って死について尋ねた。孔子の答え、

――生すらわからないのに、死がわかるはずはない。


季路は孔子の高弟の一人、子路《しろ》のことです。『論語』のなかでは仲由《ちゅうゆう》、子路、季路《きろ》などといった名前で登場しますが、本名は仲由、字《あざな》が季路。子路とかいったように「子」を添えるのは、敬意を添えた呼び方です。孔子より九歳年下であったと、『史記』の「仲尼《ちゅうじ》(孔子の字《あざな》)弟子《ていし》列伝」には記されています。

孔子には直接の門弟が七十二人いたといわれますが、ほかの弟子たちが孔子より三十歳も四十歳も年下であったのに対して、わずか九歳という年の差は最も小さい。そのためもあるでしょうが、『論語』のなかにはしばしば孔子に対する無遠慮な言動が記されています。すっとんきょうな応対をして孔子に苦笑されたり、時には顰蹙《ひんしゅく》を買ったりしています。

ちなみに『論語』は弟子たちの問いに答えた孔子のことばを記しただけの本ではありますが、そのなかにも門弟それぞれの性格の違いがおのずと浮かび上がってきます。そして子路は本来のやんちゃぶりを、孔子の面前でもそのまま発揮しています。孔子のほうも弟子に合わせて答

え方が違います。この問答でも、子路の問いに対して孔子はまともに答えることはせずに、はぐらかしている。孔子が正面から答えたことばとは思われません。

子路が尋ねた「鬼神」とは、この世の人間とは異なる存在、霊的な存在です。人が死んだのが「鬼」、人を超えているのが「神」、どちらも姿は見えず、声も聞こえない。「鬼神に事《つか》う（仕える）」とは、具体的な行為としては死者や神に対する祭祀《さいし》をいうのでしょう。「どのような態度で死者や神々を祀《まつ》ったらよいのでしょうか」。子路の問いに対して、孔子は「鬼神」をそれに対峙《たいじ》する人間に替えて、「人に事《つか》う」、人間社会のなかでどのように周りの人に対処したらいいのか、それすらできないのだから、ましてや鬼神に仕えることなどできはしない、と答えます。「鬼神」を「人」にすり替えて、問題をそらしてしまうのです。

孔子にいなされた子路は、さらに一歩進めて問いかけます。

――では死とはいったい何でしょうか。

「敢《あ》えて死を問う（思い切って死について尋ねた）」というのは、死の問題は孔子に向かって問いかけにくかったのでしょう。あるいは子路にとっては「鬼神に事う」ことよりも、本当は「死」の問題をこそ尋ねたかったのかもしれません。

この際に聞いて見ようと、敢えて死を尋ねた子路に対して、孔子は先の言い方をそのまま繰り返します。「生がわからないのに、死がわかるはずはないじゃないか」。子路の問いは再びはぐらかされてしまいます。

このやりとりは孔子が生と死について正面から答えたものではありませんが、しかし死に対する孔子の態度を示してはいます。

死とは何か、それについて孔子は『論語』全体を通してもほとんど語ることはありません。孔子にとって現実世界のなかでいかに生きるかが大きな問題であって、現実を離れた世界には触れようとしないかのようです。『論語』のなかでは、現実を超えた存在について語ることはまれなのです。

これもよく知られたことば、「子《し》は怪力乱神《かいりきらんしん》を語らず」(述而篇《じゅつじ》)が端的に記すように、合理的に把握できない世界、不可思議な世界に対して、孔子は抑制しています。孔子に限らず、儒家の思考はおおむね合理的な範囲にとどまっています。

しかし孔子の生きた時代はまだ古代の呪術性が、生活や儀式のなかに生きていました。現代と同じ世界と考えることはできません。そんななかにあって孔子は非合理性から距離をおいていますが、しかしそれを否定しているわけではありません。

後代の儒家は合理的思考に徹していき、そのために神話や伝説までもが妙に合理化されてしまいます。それに対して、『論語』のなかの孔子は、「怪力乱神」を語らなかったにしても、単純な合理主義者ではありません。認識の届かない世界の存在も認めていたと思います。そのことが孔子を、後代の儒者よりも含蓄のある思想家にしているのでしょう。

しかし孔子が現実を超えた存在に対して抑制していた、ないしは無関心であったとしても、そのことと死について語るのを避けたこととは区別されなければなりません。なぜなら死は現実そのものなのですから。人間にとって現実にほかならない死について、孔子の言及はほとんどありません。本書の最終章で触れるように、この世の生を生きることに没頭していた孔子にとって、死を考えることはたいした意味がなかったのでしょうか。

『荘子』が死について多くを語っているのと対照的に、『論語』や『孟子』など儒家の書物には、概して死をめぐる言説は乏しいようです。死について考えたり悩んだりするよりも、今生きている生にこそ関心を向けています。「未だ生を知らず、焉くんぞ死を知らんや」ということばも、むずかしい問題を持ち出した子路に対して、まず生きることの問題のほうが先だ、というメッセージを伝えようとしたものかもしれません。

2　生とは死へ向かう歩み

人《ひと》は人間《じんかん》に在《あ》りて、日《ひ》びに一日《いちじつ》を失《うしな》う。……一歩《いっぽ》を進《すす》める毎《ごと》に、死《し》を去《さ》ること転《うた》た近《ちか》し。

人在人間、日失一日。……毎進一歩、而去死転近。

人は世の中にあって、一日ずつ失っていく。……一歩歩むごとに、いよいよ死へ近づく。

（『抱朴子』勤求《きんきゅう》篇）

『抱朴子《ほうぼくし》』は西晋《せいしん》から東晋《とうしん》にかけての時期を生きた道教徒葛洪《かっこう》（二八三～三四三）が、神仙の理論と実践方法を著した本です。右のことばの前に「俚語《りご》に之《こ》れ有《あ》り」と記されていますから、葛洪自身の発したことばではなく、巷間《こうかん》で言いならわされていたものです。「生きていることは毎日が死へ向かう過程であり、一日一日と死へ近づいていく」」。葛洪はこのことばを引いたあと、理屈はその通りだと言って、ならば死を愁《うれ》えても意味がない、「天を楽しみ命《めい》を知る」、天命を知ったうえでそのまま受け入れる「達人」の生き方を学ぶべきだと説いています。

「俚語」として引かれたこのことばは、別の本では章震《しょうしん》という人が語ったと記されています。章震は西周最後の王である幽王《ゆうおう》（紀元前八世紀）の時代の人と言われます。彼は「人は世間に生まれ、日びに一日を失う。生を去ること転《うた》た遠し」――生きているというのは日々、一日ずつ生を失うこと――と嘆いて、仙人になったと伝えられています（『太平御覧』巻六六二、『太平広記』巻五など）。

3　死ぬ日がわからないから生きられる

人《ひと》は但《た》だ当《まさ》に死《し》すべきの日《ひ》を知《し》る莫《な》し。故《ゆえ》に暫《しばら》くは憂《うれ》えざるのみ。

人但莫知当死之日。故不暫憂耳。

人は死ぬ日がわからない。だから当面心配せずに生きている。（『抱朴子』勤求篇）

これも葛洪『抱朴子』に見られることばです。そこでは死罪を宣告された者について、執行の期日がわからないうちは「暫くは憂え」ずに生きていられる、もし処刑の日がわかったら少しでも延期したいと願うものだ、という文脈のなかで語られています。

死刑を待つという枠をはずしてみても、このことばはわたしたちに広く通じるように思われます。人は死がいつか必ず訪れるとわかってはいる、しかしそれがいつのことかはわからない、今の生がそのまま続くかのように思い込んでいる、だからこそ人は生きていられるのではないでしょうか。もし期日をはっきり示されたら、生はその時点で終わってしまう。現代の医学は余命を告知することもあるようです。でも人類の長い歴史のなかで、人はいつか必ず訪れる死がいつになるかわからない、ずっと先のことだろうという思い込みのなかで生きてきたのですから、示された期日を受け入れてなお生きるという生き方に慣れるには、まだ時間がかかることでしょう。

ちなみに『抱朴子』の先のことばは、山上憶良《やまのうえのおくら》（六六〇？〜七三三？）の「沈痾自哀文《ちんあじあいぶん》」のなかにも引かれています。

抱朴子曰く、「人は但《ただ》その当《まさ》に死ぬべき日を知らず、故に憂へざるのみ。若《も》し誠に知り、刖劓《げつぎ》期《ご》を延ぶること得べければ、必ず将《まさ》にこれを為《な》さむとす」といふ。

『抱朴子』にいう、「人は死ぬ日がわからない。だから当面心配せずに生きている。もし死期が確かにわかり、足切り鼻切りの刑を受けることで死期を先延ばしできるなら、きっと極刑でも受けようとするだろう」と。

（『万葉集』巻五）

山上憶良は中国の古典を自在に使っていますが、『抱朴子』のこの一条は彼にも強い印象を与えたようです。

二　生は仮の宿り、死は永遠の帰着

列子図(明，張路「雑画冊」のうち，上海博物館蔵)

1　仮の宿り

「仮の宿り」というと、鴨長明《かものちょうめい》の『方丈記』が思い起こされます。

知らず、生まれ死ぬる人、いづかたより来《きた》りて、いづかたへか去る。又知らず、かりのやどり、誰が為に心を悩まし、何によりてか目をよろこばしむる。

人はどこから来て、どこへ行くのだろうか。仮の宿りであるこの生のなかにあって、何を悩み何を喜ぶのか。

「行く川のながれは絶えずして、しかも本の水にあらず」で始まる『方丈記』は、人の世の無常、人生のはかなさを仏教の無常観に結びつけて、繰り返し語っています。しかし仏教の流入する前の中国にも、生きていることは通過点に過ぎず、死こそ永遠に帰着すべき場とする考えはありました。

後漢の後半（二世紀）に至って、作者不詳の五言詩《ごごんし》がまとまって出現します。五言詩というのは、一句が五字からできた詩で、その後の中国古典詩の基本的なかたちとなる詩型です。最も早い時期の、作者のわからない五言詩は一括して「古詩《こし》」と呼ばれますが、そのうちの十九首が『文選《もんぜん》』に「古詩十九首」と題して採られています。そこに流れている抒情は、満たされない恋の悲しみ、短くはかない生の嘆き、その二つに集約されます。

「古詩十九首」第三首のなかに次の二句があります。

人《ひと》は天地《てんち》の間《かん》に生《う》まる、忽《こつ》として遠《とお》くに行《ゆ》く客《きゃく》の如《ごと》し。

人生天地間、忽如遠行客。

天と地の間に生まれた人、そのあっけないことはまるで遠くへ赴く旅人。

（「古詩十九首」その三、『文選』巻二九）

『文選』に注をつけた初唐の李善《りぜん》は、この句の基づくところとして、『尸子《しし》』という今は滅びてしまった本のなかに見える老莱子《ろうらいし》という人のことばを引いています。

老莱子《ろうらいし》曰《いわ》く、人《ひと》の天地《てんち》の間《かん》に生《う》まるるは、寄《よ》するなり。寄《よ》する者《もの》は固《もと》より帰《かえ》る、と。

老莱子曰、人生於天地之間、寄也。寄者固帰。

老莱子が言う、人が天地の間に生きるのは、かりそめに身を寄せるだけ。かりそめに身を寄せた者は、帰って行くのが当たり前。

（『尸子』）

『尸子』というのは素性のはっきりしない本ですが、老莱子というのも実在も不確かな人物です。『尸子』も老莱子も、老荘の思想に連なると考えられています。

「寄す」というのは、一時的に身を寄せる、仮に滞在していることです。この世に生きていることがかりそめの滞在だとしたら、当然帰着する所がある。それが死だというのです。つまり生は旅人がしばしその所にとどまるようなものであって、死こそが人が帰着すべき所だということになります。

李善の注は『尸子』に続いて、『列子《れっし》』も引いています。

夫《そ》れ死人《しじん》を帰人《きじん》為《た》りと言《い》えば、則《すなわ》ち生人《せいじん》は行人《こうじん》為《た》り。

夫言死人為帰人、則生人為行人矣。

そもそも死んだ人を帰り着いた人と言うのなら、生きている人は旅人だ。

（『列子』天瑞《てんずい》篇）

死が帰着とすれば、生きている間は「行人」（旅人）ということになる。夏目漱石の小説『行人』は、人間は死に向かって歩み続ける旅人であるという中国の意味を用いています。「帰る」という語には、「返る」「反る」「還る」などが単に元の場所に戻るという意味であるのと違って、本来帰着すべき場所に落ち着く、といった意味があります。死こそが人間の帰着点、本来いるべき場所という考えによります。

『列子』の著者とされる列御寇《れつぎょこう》は紀元前四〇〇年前後、戦国時代の人といわれますが、これもまた実在が疑われています。今日までのこっている『列子』は魏晋《ぎしん》以後に作られたもののようです。道家に属する本ですが、『老子』や『荘子』ほどの高邁《こうまい》な思想はなく、いくらか通俗的でおもしろい逸話に富みます。死についても多くの言説があり、このあとでも繰り返し引くことになるでしょう。

人生は仮の宿りとする言辞は、「古詩十九首」のほかの詩にも見られます。

人生《じんせい》は一世《いっせい》に寄《よ》す、奄忽《えんこつ》たること飆塵《ひょうじん》の若《ごと》し。

人生寄一世、奄忽若飆塵。

人の生は一世《ひとよ》の仮の宿り、つむじ風に舞う塵《ちり》のようにあっけない。

（「古詩十九首」その四、『文選』巻二九）

「奄忽」はたちまち、あっという間。「奄」も「忽」も、にわかに、の意味です。「飆」は突風、つむじ風。「飆塵」はさっと吹き寄せる風に巻きあげられる塵埃《じんあい》。人の生など、風に舞う塵のようにはかなく、頼りなく、すぐにどこかに消えてしまう。

人の生を一時の寄寓《きぐう》に過ぎないとすることばは、のちのち詩のなかでもよく使われます。

人《ひと》の生《せい》は寄《よ》するが如《ごと》し、多《おお》く憂《うれ》うるも何《なに》をか為《な》さん。

人生如寄、多憂何為。

人の生は仮の宿り、いくら憂えたとて何になろう。

（魏・曹丕《そうひ》「善哉行《ぜんざいこう》」、『文選』巻二七）

世《よ》に寄《よ》すること将《は》た幾何《いくばく》ぞ、日《ひ》は昃《かたむ》きて陰《かげ》を停《とど》むる無《な》し。

寄世将幾何、日昃無停陰。

人がこの世に身を寄せるのはどれほどの間か。日は西に傾いてとどまる時もない。

（西晋・陸機《りくき》「予章行《よしょうこう》」、『文選』巻二八）

人生《じんせい》幾何《いくばく》も無《な》し、天地《てんち》の間《かん》に寄《よ》するが如《ごと》し。

人生無幾何、如寄天地間。

人の一生はどれほどもない。天地の間にしばし身を寄せるようなもの。

（唐・白居易「秋山」）

「人の生は寄するが如し」、生きているのは仮の宿り、これは悲観のことばとして語られていますが、宋の蘇軾《そしょく》（一〇三六～一一〇一）に至ると、同じことばを用いながら生を肯定する方向にひっくり返す考え方があらわれます。それについては最後の第十二章で見ることにしましょう。

2　死は休息

死は人が行き着き、落ち着く所と考えるのと近いものに、死を休息とみなすことばもあります。最後にたどり着き、そこに休らう場だというのです。とすると、生きている時間は労働ということになります。

夫《そ》れ大塊《たいかい》我《われ》を載《の》するに形《かたち》を以《もっ》てし、我《われ》を労《ろう》するに生《せい》を以《もっ》てし、我《われ》を佚《やす》んずるに老《お》いを以《もっ》てし、我《われ》を息《いこ》わしむるに死《し》を以《もっ》てす。故《ゆえ》に吾《わ》が生《せい》を善《よ》くする者《もの》は、乃《すなわ》ち吾《わ》が死《し》を善《よ》くする所以《ゆえん》なり。

夫大塊載我以形、労我以生、佚我以老、息我以死。故善吾生者、乃所以善吾死也。

そもそも造物主は、わたしに肉体を与えてこの世に生み出し、わたしに人生を与えて苦労させ、わたしに老いを与えて安らがせ、わたしに死を与えて休ませる。

それゆえ自分の生をよく生きることが、自分の死をよく死ぬ手立てとなるのである。

（『荘子』大宗師《だいそうし》篇）

「大塊」、大いなるかたまりとは天地であり、天地を支配する造物主という存在でもあります。造物主が「形」を与えて天地の上に「載せ」たものが人。人は身体を得てこの世の存在物となる、これが人の誕生です。生まれたあと、生、老、死が続きます。生は「労する」こと、労働でもあり苦労でもあります。年老いることは苦労の続く人生の終わりに与えられる「佚」、安らぎ。そして最後の「死」はすべてからの解放であり、「息」、休息に入ることになります。労働であり苦労である生を存分に生きることによって、最後に待っている死という休息が悔いのない、存分な休息になりうるというわけです。つまりは生を充実させることが、死を充実させることになる。

『荘子』は老荘思想を代表する書物です。高度な思弁《しべん》とともに、具体的で精彩に富む寓話《ぐうわ》があちこちで語られ、読み物としても読者を惹きつけます。

『荘子』の刻意《こくい》篇では、「其《そ》の生くるや浮かぶが若《ごと》く、其の死するや休《きゅう》するが若し」ということばも見えます。「休」は休息、休むことでもあり、休止、終わることでもあります。『列子』には『荘子』に近いことばがよく見られますが、次の一段は先に掲げた『荘子』大宗師篇のことばを敷衍《ふえん》したものとして読むこともできます。

子貢《しこう》が勉学に疲れて、孔子に言った、「できれば休息したいものです」。孔子が言う、「生きている限り、休息というものはありはしない」。子貢、「ではわたしには休息することはできないのでしょうか」。孔子、「ありますとも。あの墓を見てごらん。高くて、そびえ立っていて、大きくて、広々としている。あそこで休むことができるとわかるだろう」。子貢、「死というのは大きなものなのですね。君子はそこで休らい、小人はそこに伏せっている」。孔子、「子貢よ、君ははじめてわかったね。人はみな生きていることを楽しいと思っていて、それが苦であることは知らない。老いが疲れ果てたことだと思っていて、それの楽しさは知らない。死が悪いことだと思っていて、それが休息であることは知らない」。

（『列子』天瑞篇）

孔子と弟子の子貢のやりとりといっても、『論語』のなかのそれと違って、後世（戦国・漢代）の人が仮構《かこう》したものなのですが、世間一般の人々の生―老―死に対する捉《とら》え方を逆転させています。生きていることを願い、衰弊《すいへい》する老いを厭い、さらにそれに続く死を忌避《きひ》する。昔の人たちも今のわたしたちもそんな考えに囚《とら》われていますが、しかし先に引いた『荘子』大宗師篇ではそれをひっくりかえして、生は苦労、老は安楽、死は休息とするのです。『列子』天瑞篇もそれと同じように、生きることは苦しみ、老いることはそれが軽減された安らぎ、そして最後に迎える死は心地よい休息だと語っています。

三　生ははかない

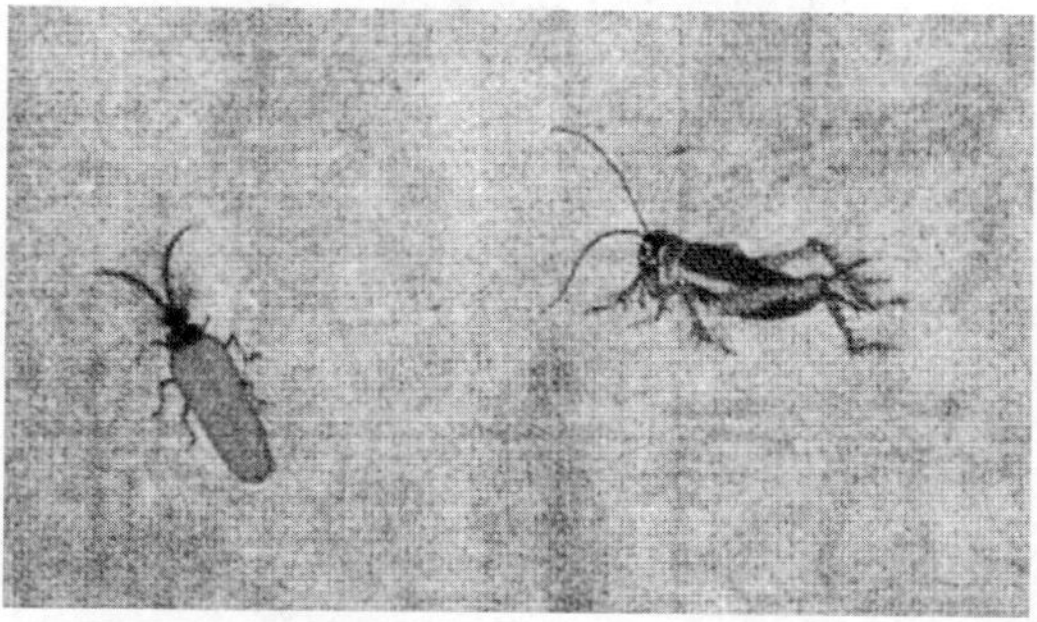

蟋蟀(五代，黄筌「写生珍禽図」(部分)，北京故宮博物院蔵)

1　白駒《はっく》の隙《げき》を過《す》ぐるが如し

人の生の短さの比喩は、よく知られた「白駒《はっく》の隙《げき》を過《す》ぐるが如し」、白い馬が隙間を通りすぎるように短い、という成語にもみられます。

人《ひと》の天地《てんち》の間《かん》に生《う》まるるは、白駒《はっく》の郤《げき》を過《す》ぐるが若《ごと》く、忽然《こつぜん》たるのみ。

人生天地之間、若白駒之過郤、忽然而已。

人が天と地の間に生を受けるのは、白馬が隙間を過ぎるようなもので、あっという間のことに過ぎない。

（『荘子』知北遊《ちほくゆう》篇）

「郤」は「隙」に通じ、壁の隙間を意味します。『荘子』の昔の注（唐の成玄英『荘子疏《そうじそ》』、唐の陸徳明『荘子音義』では、「白駒」は太陽の隠喩《いんゆ》とされています。

日の光であれ白い馬であれ、隙間を通り過ぎるのは一瞬でしかない。『荘子』の文脈では、もともと形のない存在が形を与えられてこの世に生まれる、しかしそれはつかの間のことであって、もとの形のない存在に戻る、それが生というものだという生死のことわりを説いているのですが、のちには人の生のはかなさを嘆く悲観のことばとして伝えられていきます。

『史記』留侯《りゅうこう》（張良《ちょうりょう》）世家《せいか》では、漢の高祖《こうそ》（劉邦《りゅうほう》）の妻である呂后《りょこう》が創業の臣である張良をねぎらって、「人の一世の間に生くるは、白駒の隙《げき》を過ぐるが如し。何ぞ自ら苦しむこと此《か》くの如きに至るや」――どうせ短い人生、そんなに自分を苦しめなくても、と説得します。

しょせん短い人生なのだから労苦を背負うことはなかろうと語ることばは、次の李陵《りりょう》にもみることができます。

2　朝露の如し

前漢の李陵（?〜紀元前七四）は、中島敦の小説『李陵』でよく知られている悲劇の武将です。

李陵と蘇武《そぶ》(前一四〇?~前六〇)はどちらも漢と敵対する異民族匈奴《きょうど》との戦いに敗れますが、李陵は匈奴に帰順し、高い地位を与えられます。一方、蘇武は帰順を拒《こば》み、荒野で羊を放牧しながら十九年という歳月を送り、のちに漢に帰還できた時には英雄として迎え入れられます。漢に背《そむ》き匈奴の人となって妻子も得た李陵、漢王朝への忠誠を貫き、雪を啜《すす》り毛皮を囓《かじ》って生き延びた蘇武、二人ははなはだ対照的な人生を歩みました(実は蘇武も匈奴の地の女を妻とし子どもも儲《もう》けていたのですが、そのことは中島敦の『李陵』には触れられていません)。

二人のドラマティックな人生は、かなり早い時期から物語化されていたと思われます。五言詩の祖といわれる李陵と蘇武の詩(李陵の「蘇武に与う」三首、蘇武の「詩」四首が『文選』巻二九に採られています)は、すでに南朝の梁の時には偽作ではないかと疑われています。おそらく作者不明の別れの詩が、後漢か遅くとも魏晋のころに李陵と蘇武の故事と結びつけられて、李陵と蘇武の作とされたものなのでしょう。同じく『文選』(巻四一)に採られている李陵が蘇武に与えた書翰《しょかん》、「蘇武に答うる書」も後世の偽作と考えられます。

李陵と蘇武の今にのこる最も早い記述は、『漢書《かんじょ》』の二人の伝に見られます。『漢書』は後漢の班固《はんご》（三二〜九二）の著とされますが、班固の死後、妹の班昭《はんしょう》によって最後まで書き上げられました。しかし列伝の部分は班固が書いたもので、一世紀後半のことです。その時期には李陵と蘇武に関わる話がすでに物語としてふくらんでいたのではないでしょうか。『漢書』の記述にも史実を越えた内容が見られるように思います。

そのなかに蘇武が匈奴に対して孤独な抵抗をしていた時、李陵は匈奴の王の単于《ぜんう》の命を受けて、蘇武に帰順を説得しようと試みたことが記されています。その時、李陵が蘇武に語ったことばに、次のような一節が見られます。

人生《じんせい》は朝露《ちょうろ》の如《ごと》し、何《なん》ぞ久《ひさ》しく自《みずか》ら苦《くる》しむこと此《か》くの如《ごと》き。

人生如朝露、何久自苦如此。

人の生は朝の露のようなものです。なのにあなたはどうしていつまでも自分をこんなに苦しめるのでしょう。

（『漢書』蘇武伝）

ここで李陵は人の一生の短さを、朝のうちに乾いてしまう露にたとえています。そんなに短い人生、それをわざわざ苦しみのなかに過ごすことはない、安楽な暮らしを選んだほうがいいと、蘇武に帰順を勧めます。

しかし本当に李陵がこのように語ったのか、いささか疑問がのこります。というのも、どうせはかない人生、せいぜい愉楽《ゆらく》のなかに生きるのに越したことはないというのは、本章の次の節で見る後漢の「古詩十九首」が繰り返しうたうところです。また人の生を朝露にたとえる比喩は、前漢ではほかに見られず、後漢まで待たねばなりません。

後漢のものと思われる、「薤露《かいろ》」(ニラの露)と題された楽府《がふ》(民間の歌謡)、これが朝露の比喩としてよく知られています。この楽府は「挽歌《ばんか》」と呼ばれるもので、柩を墓地まで「挽《ひ》」きながらうたわれた、つまりは葬礼の時のうたです。

薤上《かいじょう》の露《つゆ》、
何《なん》ぞ晞《かわ》き易《やす》き。
露《つゆ》は晞《かわ》くも明朝《みょうちょう》には更《さら》に復《ま》た落《お》つるも、

人《ひと》は死《し》して一《ひと》たび去《さ》れば何《いず》れの時《とき》にか帰《かえ》らん。

薤上露、何易晞。露晞明朝更復落、人死一去何時帰。

ニラの上の露、
なんと乾きやすいことか。
露は乾いても、明日になればまた降りるが、
人は死んでひとたびこの世を去れば、帰って来る時はない。

（『楽府詩集』）

日が昇れば消えてしまう露。しかし露は翌朝になればまた降りる。繰り返すことによっていつまでも続く。それに対して人の生は一度限り。夏目漱石の初期の短篇『薤露行《かいろこう》』の題名は、この楽府に基づいています。「行」とは「うた」の意味です。

いろいろな本に引かれて、よく知られている歌ですが、ここでは北宋の郭茂倩《かくもせん》（一〇四一〜一〇九九）が歴代の楽府を集めた『楽府詩集』から引きました。

人の生のはかなさがもたらす詠嘆は、その後も中国の詩のなかに流れ続けます。劉希夷《りゅうきい》（六

五一～六七九？）の「白頭を悲しむ翁《おきな》に代わる」という詩は、『唐詩選』に入っていて、日本でもよく知られ、そのなかの次の二句が、とりわけ人口に膾炙《かいしゃ》しています。

年年歳歳《ねんねんさいさい》　花《はな》　相《あ》い似《に》たり、
歳歳年年《さいさいねんねん》　人《ひと》　同《おな》じからず。

年年歳歳花相似、歳歳年年人不同。

来る年も来る年も、花は同じように咲く。
しかし来る年も来る年も、人が同じでいることはない。

（劉希夷「白頭を悲しむ翁に代わる」）

この詩は二十六句に及ぶ長い詩ですが、冒頭は次の四句で始まっています。

洛陽城東桃李花　洛陽《らくよう》の城東《じょうとう》　桃李《とうり》の花《はな》

飛来飛去落誰家　飛《と》び来《き》たり飛《と》び去《さ》りて誰《た》が家《いえ》にか落《お》つ
洛陽女児好顔色　洛陽《らくよう》の女児《じょじ》　顔色《がんしょく》好《よ》し
行逢落花長歎息　行《ゆ》くゆく落花《らっか》に逢《あ》いて長嘆息《ちょうたんそく》す

洛陽城東の桃李の花、
風に舞い来たり舞い去り、誰のもとに落ちるのだろう。
洛陽のおみなごは麗しいかんばせ、
道すがら落花に出会って深いため息をつく。

春の都に舞い散る花。花のように美しいおとめは散る花を目にして、若い容姿が衰えることを悲しみます。咲けば散る花は世のはかなさそのものですが、しかし「年年歳歳　花　相い似たり」、花はあくる年にはまた美しく開きます。それに対して若い日々は、ひとたび過ぎてしまえば二度と戻ることはない。

先に見た「朝露」と同じく、花ははかなさの象徴であるとともに、反復することによって永遠でもありえます。花は無常と永遠という反対の意味をもつものです。同じく美しいものである月もまた、満ちれば欠ける無常のものであると同時に、欠ければ満ちる、盈虚《えいきょ》を繰り返すことによって永遠でもありえます。山とか岩石が永劫不変の象徴であるのとは違って、月と花は変化する、変化しない、その両方の性質をもっているのです。

3　今を楽しむ

人の命の短さ、生のはかなさを嘆くことばは、どこの文化圏にも昔からあるようです。はかなさを忘れるために、一時的な享楽に走る、それもあちこちの文学に見られます。沓掛良彦氏の『讃酒詩話』によると、古代ギリシアには人生の無常から逃れようとして飲酒をうたう詩がいくらでもあるそうです。アラブ圏ではオマル・ハイヤームの『ルバイヤート』(小川亮作訳)も、人の世は何もかも空しい、酒を飲んで忘れるほかない、という詠嘆を繰り返しうたっています。

沓掛氏はアルカイオス(紀元前六〇〇年前後)の「carpe diem(その日の悦楽を摘め)」ということばを引いていますが、同じ時期に同じようなことばが、中国最古の詩集、『詩経《しきょう》』のなかにも見られます。

蟋蟀《しっしゅつ》 堂《どう》に在《あ》り、歳《とし》は聿《ここ》に其《そ》れ莫《く》れん。
今《いま》 我《われ》 楽《たの》しまざれば、日月《じつげつ》 其《そ》れ除《さ》らん。

蟋蟀在堂、歳聿其莫。
今我不楽、日月其除。

コオロギが部屋に入った。年の終わりが近づく。
今、わたしが楽しまなければ、月日は過ぎ去ってしまう。

（『詩経』唐風《とうふう》・蟋蟀《しっしゅつ》）

『詩経』のなかの別の詩（豳風《ひんぷう》・七月）でも、季節が秋から冬に移るにつれてコオロギが草むらから軒下へ、そして戸口へ、最後には寝台の下へと場所を変えることをうたっていますから、ここで「堂に在り」（広間にいる）というのも、季節が冬になったという時の推移をあらわします。容赦なく過ぎてゆく時間、その流れから免れない人は、今この時に楽しむほかない。今楽しまなければ、時はわたしをおきざりにして過ぎてゆく。

ただしこの詩では続くフレーズに、「楽しみを好むも荒《すさ》むこと無かれ、良士は瞿瞿《くく》たり」、楽しんでも行き過ぎないように、紳士はわきまえがあるもの、と放恣《ほうし》な快楽に没入することは抑制されています。

人が時間の制約のなかにいる存在であることを意識するのは、『詩経』のなかでは前のページに挙げた詩篇くらいで、ほかには見られません。

これとよく似た詩句があらわれるのは、後漢まで待たねばなりません。「西門行《せいもんこう》」（町の西の門のうた）と題する楽府《がふ》です。楽府はもともと民間でうたわれていた歌謡ですから、『詩経』と同じく、これにも作者というものはまだありません。その「西門行」の楽府のなかに「今日《こんにち》 楽《たの》しみを作《な》さざれば、当《まさ》に何《いず》れの時《とき》をか待《ま》つべき」という句が出てきます。その楽しみとは、「美酒《びしゅ》を醸《かも》し、肥牛《ひぎゅう》を炙《あぶ》らん」、飲酒と美食の快楽です。

さらに次の四句が続きます。

人生《じんせい》 百《ひゃく》に満《み》たざるに、

常《つね》に千歳《せんざい》の憂《うれ》いを懐《いだ》く。
昼《ひる》は短《みじか》くして夜《よる》の長《なが》きに苦《くる》しむ、
何《なん》ぞ燭《しょく》を秉《と》りて遊《あそ》ばざる。

人生不満百、
常懐千歳憂。
昼短苦夜長、
何不秉燭遊。

人の一生、百年もないのに、
千年の憂愁が離れることはない。
昼は短く、夜が長いのがつらい。
ともしびを手に夜も遊ぼう。

（『楽府詩集』）

この楽府がうたわれたのは後漢の後半、二世紀のころと思われますが、ほぼ同じ時期、あるいは少し遅れて、「古詩《こし》」が登場します。「古詩」については第二章に記しましたが、そこに流れているのは、人の生は過ぎゆく時間から免れることはない、命は短く、生ははかない、という悲しみの抒情です。『文選』に収められた「古詩十九首」のなかに繰り返しうたわれていますす。

人生寄一世　人生《じんせい》　一世《いっせい》に寄《よ》す
奄忽若飆塵　奄忽《えんこつ》たること飆塵《ひょうじん》の若《ごと》し

人の生は一生仮の宿り、
あっけなさは風に舞う埃《ほこり》さながら。（その四）

人生非金石　人《ひと》の生《せい》は金石《きんせき》に非《あら》ず
豈能長寿考　豈《あ》に能《よ》く長《とこしえ》に寿考《じゅこう》ならんや

人の命は金石とは違う。
いつまでも生きることなどできようか。（その十一）

人生忽如寄　人生《じんせい》　忽《こつ》として寄《よ》するが如《ごと》く
寿無金石固　寿《じゅ》に金石《きんせき》の固《かた》き無《な》し

人の一生は仮の宿りのように短いもの、
寿命に金石の確かさはない。（その十三）

なかでも「その十五」は「西門行」ととてもよく似ていて、同じ詩句まで含まれています。

生年不満百　生年《せいねん》　百《ひゃく》に満《み》たざるに
常懐千歳憂　常《つね》に千歳《せんざい》の憂《うれ》いを懐《いだ》く
昼短苦夜長　昼《ひる》は短《みじか》くして夜《よる》の長《なが》きに苦《くる》しむ

何不秉燭遊　何《なん》ぞ燭《しょく》を秉《と》りて遊《あそ》ばざる
為楽当及時　楽《たの》しみを為《な》すは当《まさ》に時《とき》に及《およ》ぶべし
何能待来茲　何《なん》ぞ能《よ》く来茲《らいじ》を待《ま》たん
愚者愛惜費　愚者《ぐしゃ》は費《つい》えを愛惜《あいせき》し
但為後世嗤　但《た》だ後世《こうせい》の嗤《わら》うところと為《な》る
仙人王子喬　仙人《せんにん》の王子喬《おうしきょう》
難可与等期　与《とも》に期《き》を等《ひと》しうすべきこと難《かた》し

人の命は百歳にも届かないのに、
千年も続く憂いにいつもまとわれる。
昼は短く夜の長いのがつらい。
ともしびを手に夜も遊ぼう。
楽しむには時に遅れてはならぬ。
次の年など待っていられない。

愚者は小銭を出し惜しんで、
後の世の物笑いとなる。
かの仙人の王子喬《おうしきょう》、
彼のような長生きはできるはずもない。

生のはかなさから愉楽に向かうところは、「西門行」も「古詩十九首」も同じなのですが、そこに流れている情感にはずいぶん違いがあります。「古詩十九首」のほうでは愉楽に積極的な歓びはなく、大都市の逸楽や贅沢に没入したところで、それでは憂愁は解決できないことがわかっているかのようです。一時の逃避では心は満たされないことを知りつつ、愉楽に浸ろうとする、そこには暗い虚無感が漂っています。

「西門行」には虚無の影はさほど感じられません。その違いは楽府と古詩の違いでしょうか。作者は知られないにしても、古詩は楽府の集団的な歌とは違って、個人の胸にわだかまる思いが陰影を与えているのでしょう。

四　死を前にして

弾琴図(元，無名氏「列女図」のうち，南京大学蔵)

1 平凡な日々をなつかしむ

人は死が目の前に迫った時、どんな思いをいだくのでしょう。李斯《りし》（?〜紀元前二〇八）の場合を見てみましょう。李斯といえば、秦《しん》の始皇帝（嬴政《えいせい》）に天下統一を実現させた立役者として知られています。

それまでの中国は、いくつもの国に分裂した戦国時代が続いていました。その一つである秦の国は、始皇帝の父である荘襄王《そうじょうおう》の時期から勢力を拡大して諸国を次々と併呑し、嬴政がさらに推し拡げて中央集権を確立し、始皇帝と称するに至りました。貨幣、度量衡《どりょうこう》、文字、車の幅などに全国共通の基準を設けたり、焚書坑儒《ふんしょこうじゅ》と呼ばれる思想の統一を図《はか》ったり、帝国としての統治を成し遂げた多くの施策は、宰相の李斯の考えで実行されたものといわれます。

人臣を極める地位に昇り詰めた李斯ですが、もともとは戦国諸国のなかでも弱小の楚《そ》の国に生まれ、上蔡《じょうさい》（河南省）という町の役場に勤める、平凡な一職員でした。ある時、役場の便所のネズミが痩せこけておどおどしているのを見かけましたが、穀物倉庫に入ってみると、そのなかのネズミは堂々として犬や人をも恐れません。李斯は人間も同じことだ、いる場所によって賢愚《けんぐ》がわかれると考えました。自分もたった一度の人生を田舎町の一職員として送りたくはない、そう思って楚の国から脱出して、将来強力な国になりそうな秦に移り住みました。秦では荘襄王が卒《しゅっ》したところでしたが、実力者の呂不韋《りょふい》のもとに仕え、持ち前の才覚によってしだいに頭角をあらわし、飛ぶ鳥を落とす勢いで出世していって、ついに宰相にまで昇ったのでした。

李斯の子どもたちはみな秦の皇族と縁組みを結び、それぞれ高い地位に着きます。地方の長官に任じられていた長男が都に帰ってきた時、李斯は盛大な宴会を催しました。招かれた高官たちは次々と進み出て李斯にお祝いのことばを述べ、門前には千を数える馬車が待機していました。その時、李斯はふいに不安に襲われます。

——上蔡の町の一介の庶民であった自分が、このような栄華をほしいままにする身分となった。今や自分よりも高い地位の者はいない。富貴《ふうき》極まれりというものだ。物は極まれば則《すなわ》ち衰う、頂点に達したら下降するのが定め。いったいどこで自分を止めたらよいのだろうか。

走り続け、昇り詰め、極点にまで達した李斯は、これ以上に上昇することはありえない自分の行く末におびえます。それは最後の自分の悲劇を予感したかのごとくです。

やがて始皇帝が巡幸の途中で崩御《ほうぎょ》すると、李斯は宦官《かんがん》の趙高《ちょうこう》とともにその死を伏せ、遺詔《いしょう》を改竄《かいざん》して始皇帝の末子の胡亥《こかい》を世継ぎとする算段をします。胡亥が二世皇帝として即位し、傀儡《かいらい》の皇帝を擁立することに成功した李斯は、権力をほしいままにするのですが、その時に至って、胡亥の即位をともに画策した趙高との間に角逐《かくちく》が生じます。その結果、趙高との権力闘争に敗れた李斯は、腰斬《ようざん》の刑に処せられることになりました。

刑場に向かう道で李斯は、ともに刑に処せられる息子にこう語りかけます。

吾《われ》若《なんじ》と復《ま》た黄犬《こうけん》を牽《ひ》きて倶《とも》に上蔡《じょうさい》の東門《とうもん》を出《い》で狡兎《こうと》を逐《お》わんと欲《ほっ》するも、豈《あ》に得《う》べけんや。

吾欲与若復牽黄犬倶出上蔡東門逐狡兎、豈可得乎。

わたしはまたお前と一緒に犬を連れて上蔡の東の城門を出て兎《うさぎ》狩りをしたいと思っても、もはやかなわない。

（『史記』李斯伝）

権勢と栄華を極めた李斯が、死を前にして欲したのは、絶頂にあった時の栄光ではなく、一庶民であった時、兎狩りに興じたことだったのです。貧しく名もない時、子どもとともに犬を連れて兎狩りを楽しんだ、そんな平凡な日常生活の一場面にもう一度戻りたい、しかしそのすべはもはやなかったのです。

幸せというのは、それが失われた時になって幸せであったことがわかるものなのでしょうか。李斯のように大きな起伏を生きた人はまれです。ましてや死罪に臨む場に遭遇することなど、まずありえません。にもかかわらず、人々は李斯の人生最後の果たされぬ思いに共感して、この話はのちのちまで伝えられ、詩のなかにも典故《てんこ》としてよく用いられます。

2　嵇康の「広陵散」

嵇康《けいこう》(二二三〜二六二)は、阮籍《げんせき》(二一〇〜二六三)とともに、「竹林の七賢《しちけん》」を代表する人物です。二人とも儒家よりも老荘の思想に親しみ、すぐれた思想家であり文学者でしたが、魏《ぎ》から晋《しん》へと政権が移る時代にあって、苛酷な人生を余儀なくされました。

嵇康・阮籍の登場に先立つ時代のあらましは、以下の通りです。明代の小説『三国演義』では蜀《しょく》の劉備《りゅうび》と対立する奸雄曹操《かんゆうそうそう》、彼が後漢末の群雄を制して魏の基礎を築き、その長男の曹丕《そうひ》が魏の初代皇帝(文帝《ぶんてい》)として即位しました。魏の朝廷の内部ではしばしば戦功を挙げた司馬懿《しばい》(字《あざな》は仲達《ちゅうたつ》)がしだいに勢力を強めてゆきました。「死せる孔明、生ける仲達を走らす」と言われるように、蜀の諸葛亮《しょかつりょう》(字は孔明《こうめい》)の好敵手であった司馬懿です。その司馬氏と曹氏一族との間に権力闘争が繰り広げられ、やがて司馬懿の孫である司馬炎《しばえん》が魏から政権を奪って晋を立てるに至ります。それが晋の武帝です。

司馬氏が勢力を拡大していった時期、嵇康と阮籍はともに曹氏の側に属していましたので、司馬氏の圧力は命を脅かすほど厳しいものでした。阮籍のほうは飲酒や奇矯《ききょう》な振る舞いによって政争から遠ざかり、なんとか生き延びたのですが、嵆康は司馬氏の罠《わな》にはまって命を落とします。彼の友人に呂安《りょあん》という人がいましたが、呂安は自分の妻が兄の呂巽《りょそん》と密通したことを知って、訴え出ようとします。すると兄の呂巽は機先を制して、親不孝という罪を着せて呂安を訴えました。そして呂安も、呂安を弁護した嵆康も、ともに死罪を申し渡されたのです。罪状は何であれ、嵆康を亡き者にしようと計った司馬氏の術中にはまってしまったのです。

獄中にあって嵆康は「幽憤詩《ゆうふんし》」という長い詩を書いています。「幽憤」、暗い憤り——光もささぬ牢獄のなかで、死の恐怖におびえながら、かすかな希望を抱いてみたり、告発された自分の行為を悔いてみたり、思いは千々に乱れ、煩悶《はんもん》から解き放たれることはありません。老荘思想に通じた嵆康ですら、目前に迫った死を諦観《ていかん》することは容易でなかったのです。「幽憤詩」は死を前にした人間の、のたうちまわるような苦しみを生々しく綴った作品となっています。

嵆康はまた当代随一の音楽家でもありました。「声無《せいむ》哀楽論《あいらくろん》」、音そのものにはもともと感情はない、という音楽論をものしています。

彼は理論のみならず、琴《きん》の名手でもありました。日本でふつうにいう「こと」は「箏《そう》」のことで十三弦ですが、「琴」は七弦の弦楽器です。その琴の名曲に「広陵散《こうりょうさん》」というものがありました。刑場に至った嵆康は琴を求め、「広陵散」を演奏します。弾き終わると、こう言いました。「袁準《えんじゅん》からこの曲を学びたいと頼まれたことがあったが、わたしは人に伝えることを惜しんで教えなかった。この曲はこれでこの世から消えてしまう」。そして次のことば、

広陵散《こうりょうさん》今《いま》に於《お》いて絶《た》えたり。

広陵散於今絶矣。

広陵散は今、滅んでしまう。

（『世説新語』雅量《がりょう》篇）

死刑執行の場で嵆康は「神気《しんき》変わらず」、平静な精神のままだったと記されています。今生《こんじょう》の最後に奏でた秘曲「広陵散」、それは彼にとって生涯最後の演奏であったのみならず、人間

の歴史においても二度と聞くことができないものでした。

楽譜がなかった時代、楽曲は人から人へ直接に伝授するほかなかったのでしょう。嵆康がこの世からいなくなれば、「広陵散」ものこらない。ここに至って嵆康が悔やんだのは自分の死ではなく、曲の消失だったのです。人は誰でも死ぬ。しかし生きている間に上の世代から受け継いだものを次の世代に引き渡す、それによって人間の歴史のなかで文化は継続し、伝統が繋がっていく。「広陵散」が消滅することを悲しんだ嵆康は、個々の死を越えて文化の断絶に痛恨の思いをのこしたのでした。

右のことばが見える『世説新語《せせつしんご》』とは、後漢から東晋に至る人士《じんし》の逸話を集めた本です。この悲痛な話柄《わへい》は多くの共感を呼んだためか、『世説新語』のこの一条のほかにも、これにまつわる話がさらに生まれています。

南海太守の鮑靚《ほうせい》は神霊の能力を備えていた。ある夜、鮑靚の部屋から琴の音が聞こえてくるのを、東海の徐寧《じょねい》が耳にした。あまりのすばらしさに尋ねてみると、「嵆康が弾いたのだ」という。「嵆康は死罪になったはず、どうしてここにいるのでしょう」。「嵆康は実は尸解《しかい》したのだ」（『文選』顔延之「五君詠《ごくんえい》」の李善注に引く顧凱之《こがいし》「嵆康讚《けいこうさん》」）。

「尸解」というのは道教のことばで、肉体をこの世にのこして精神は生き続けることです。嵇康の死を惜しむ人々が、その死を認めたくない思いから尸解というかたちに変えたのでしょう。

またこんな話もあります。賀思令《がしれい》という人は琴の演奏にすぐれ、ある夜、月の光を浴びて琴を弾いていると、ふと立派な体軀《たいく》の人があらわれ、自分は嵇康だと名乗った。「君の演奏はうまいが、古法とは違う」と言って、「広陵散」を教えた。賀思令はそれを会得して、曲は今でも伝えられている(『太平広記』巻三二四に引く『幽明録』)。

魂となっても、この世を訪れて「広陵散」を奏でる——いずれも嵇康がこの世にのこした無念な思いを汲み取った話です。

3 陸機の鶴唳《かくれい》

魏から政権を奪った司馬炎《しばえん》が立てたのが晋王朝です。のちに北方の異民族に亡ぼされて建康《けんこう》(南京)に都を移す東晋と区別して、洛陽に都を置いた時期は西晋とも呼ばれます。

西晋を代表する文学者が陸機《りくき》（二六一～三〇三）です。陸機はもともと三国の一つ、呉《ご》の国の名門の生まれでしたが、呉が晋に亡ぼされてから、弟の陸雲《りくうん》とともに晋に移り、官界においても文学においても大きな存在となります。しかし亡国呉の出身である事実は消えず、侮蔑や嫉妬のなかで保身と出世に苦労を重ねます。晋王朝の有力者の間を渡り歩くなかで、結局その権力闘争の渦中に巻き込まれて敗北し、彼もまた死罪になります。

その最後のことばがのこっています。

華亭《かてい》の鶴唳《かくれい》を聞《き》かんと欲《ほっ》するも、復《ま》た得《う》べけんや。

欲聞華亭鶴唳、可復得乎。

華亭の鶴の声を聞きたくても、もう二度とできないのだろうか。

（『世説新語』尤悔《ゆうかい》篇）

「華亭」とは陸機の故郷、呉の郊外の地名です。陸機・陸雲の兄弟は呉にいた時、そのあたりに住んでいました。のちの時代まで鶴が生息していたそうです。陸機が死の間際になって懐かしんだのは、故郷で聞いた鶴の鳴き声であり、それは呉の国への郷愁であり、故郷で過ごした思い出だったのです。これは先に述べた李斯の話と同じように、世に出る前の平凡な日常へ回帰したいという思いですが、李斯と同じようにもはやかなえるすべはない状況に至っていた、切実な願望でした。同じ思いが陸機の場合は「鶴唳」、鶴の鳴き声という具体的な音で表象され、鶴の哀切な、そしてどこかなつかしさの籠もった声がわたしたちの耳にも蘇ってきます。

4 臨終の詩

本章2節の嵇康も、3節の陸機も、権力闘争のなかで命を絶たれました。ことほどさように、六朝期の少なからぬ詩人は死罪の憂き目を見ています。

彼らのなかには死を前にして「臨終詩」をのこしている人がいます。曹操に服さないことで殺された後漢の孔融《こうゆう》、南朝宋の文帝の時、謀反の嫌疑を受けて広州に左遷、その地で処刑された謝霊運《しゃれいうん》、その文帝と弟劉義康《りゅうぎこう》との角逐のなかで、劉義康に与《くみ》したかどで刑死した范曄《はんよう》……。『文選』にはそのなかからただ一人、欧陽建《おうようけん》(?～三〇〇)の「臨終詩」を収めています。

欧陽建は西晋の人で、時の権力者趙《ちょう》王司馬倫《しばりん》の転覆を企てたのが露見して、有力者の石崇《せきすう》、文学者の潘岳《はんがく》ともども処刑されました。その詩は捕縛《ほばく》されるに至った経緯を縷々《るる》綴ったあと、親族への思いに移ります。その箇所を訳で示せば、

真偽は事実によって明らかになっても、予測しがたいのは人の心。

浮き沈みはあらかじめ定められたもの、今さら憤って嘆いたところで何になろう。

上は慈母の恩に背いてしまい、激しい痛みに心も砕ける。

下は幼気《いたいけ》ないむすめのことを思って、きりきりと胸が締め付けられる。

二人の息子をも物を捨てるように見放してしまう。のこらず残忍な目に遭うことだろう。


そして長い詩は次の四句で結ばれます。

一身《いっしん》の死《し》を惜《お》しまざるも、
此《これ》を惟《おも》えば循環《じゅんかん》するが如《ごと》し。
紙《かみ》を執《と》れば五情《ごじょう》塞《ふさ》がり、
筆《ふで》を揮《ふる》えば涕《なみだ》汍瀾《かんらん》たり。

不惜一身死、
惟此如循環。
執紙五情塞、
揮筆涕汍瀾。

わが身の死は惜しまずとも、
母や子への思いが繰り返し頭を過ぎる。
紙を手にすれば胸はふさがり、
筆を執れば涙はしとどに流れる。

（欧陽建「臨終詩」、『文選』巻二三）

最後まで心残りだったのは、母親、子どもたちまでもが巻き添えにされることでした。そして欧陽建が案じたとおり、親族も一人のこらず殺戮《さつりく》されてしまいました。従容《しょうよう》として死に就こうと臨んでも、「此を惟《おも》えば循環するが如し」、心はぐるぐると同じ思いを繰り返すばかりです。ここには死を前にして解決しがたい懊悩《おうのう》を迷うがままに吐きだした、人間の真率《しんそつ》な胸中がうかがえます。時に欧陽建は、まだ三十代の若さでした。

五　生への執着

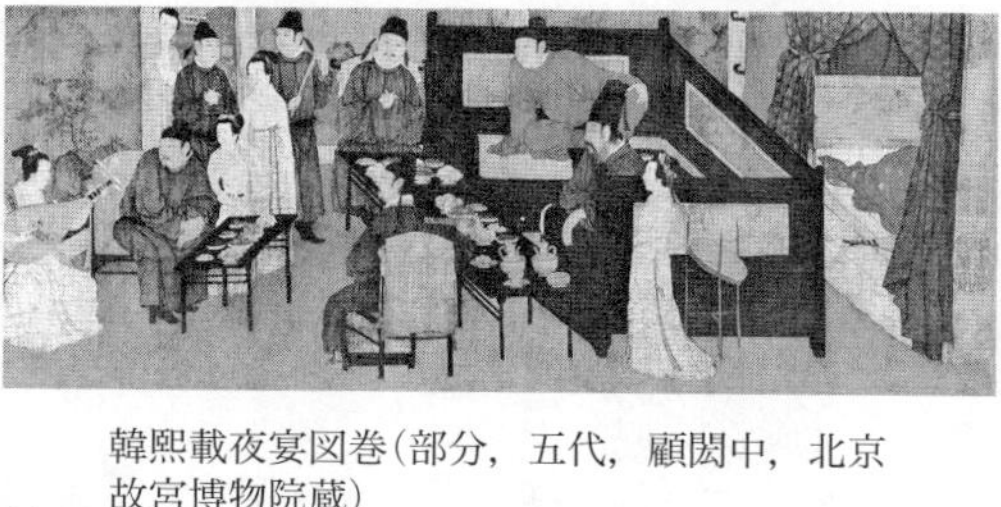

韓熙載夜宴図巻(部分，五代，顧閎中，北京故宮博物院蔵)

1　君王の執着

今生きている生がこのまま続いてほしいという思いは、ことに愉楽に浸っている時に発せられます。

戦国時代、楚の宣王《せんのう》（在位、紀元前三七〇〜三四〇）は雲夢《うんぼう》の沢《たく》といわれる広大な湿原で狩猟に興じました。四頭立ての馬車が千台、旗差し物は空をも覆うばかり。草原に放った火は虹のように燃えさかり、野牛や虎の咆哮《ほうこう》は雷のように地をどよもします。その時、一頭の暴れ狂う野牛が宣王の馬車に突進し、車輪に接触しました。すかさず、宣王は矢をつがえるや、一発でしとめました。王は旗を抜いて野牛の首を抑え、天を仰いで呵々《かか》大笑、そしてお伴のものにこう語りかけます。

――楽《たの》しきかな今日《こんにち》の遊《ゆう》や。寡人《かじん》は万歳千秋《ばんさいせんしゅう》の後《のち》、誰《たれ》と与《とも》にか此《こ》れを楽《たの》しまん。――

楽矣今日之遊也。寡人万歳千秋之後、誰与楽此矣。
何と愉快なことか、今日の遊びは。余は千年万年の後、この世にいなくなったら、誰とともにこれを楽しむのか。
（『戦国策』楚策《そさく》）

問いかけられたのは、安陵君《あんりょうくん》という王の男妾です。安陵君は涙をはらはらと流して答えます。——わたくしは室内にあっては王と席を連ね、室外に出ては王の車に同乗させていただいております。王が亡くなられたあとは、この身をもって黄泉《よみ》の国でお仕えし、アリやオケラを褥《しとね》としとう存じます。どうしてわたし一人、この猟の楽しみに耽《ふけ》ったりいたしましょう。

その答えを聞くと宣王はいたくご満悦、褒美として封土《ほうど》を与えました。

『戦国策』は戦国時代の遊説家の言動を記した本です。

『戦国策』では、この話は当意即妙に応対した安陵君の狡知《こうち》を語ろうとしています。「死んでもおそばを離れません」という答えを期待した宣王の心を、安陵君は読み取っていたというのです。

宣王のことばの意図がそうであったにしても、王の胸中には今楽しんでいる狩猟の快楽は自分が生きている限りのことであって、死んだらもう楽しめないという思いがあったことは確かです。自分だけこの愉楽を捨てて死んでしまうのは許せない……。狩猟のさなかにあって宣王は生が永続しないことを悔しく思うのです。

宣王は安陵君が殉死《じゅんし》することを求めたのですが、殉死を強要したことで知られるのは春秋時代、秦の穆公《ぼくこう》(在位、紀元前六五九〜六二一)です。三人のすぐれた家臣が、そのために命を捨てたと伝えられます。

群臣たちと酒を酌み交わし、宴たけなわになった時に、穆公が口を切ります。

生《い》きては此《こ》の楽《たの》しみを共《とも》にし、死《し》しては此《こ》の哀《かな》しみを共《とも》にせん。

生共此楽、死共此哀。

生きている時は生きている楽しみをともに楽しみ、死んだら死んだ悲しみをともに悲しもう。

(『漢書』匡衡《きょうこう》伝の応劭《おうしょう》の注)

それを聞いた子車《ししゃ》氏の三兄弟、奄息《えんそく》・仲行《ちゅうこう》・鍼虎《けんこ》は、穆公が逝去すると三人とも彼に従って命を断ちました。

このことばのなかで、秦の穆公は生を楽しみとして、死を悲しみとして捉《とら》えています。そして楽しみが人と一緒に楽しみたいものであるように、死の悲しみも人と一緒でありたい。一人で死ぬことには堪えがたいという思いから、殉死を求めたのでしょう。『史記』秦世家《しんせいか》によると、この時、秦の国では百七十七人が殉死したとのことです。

しかし非人道的な殉死は早くから否定されるものでした。春秋時代の魯の国の年代記である『春秋』、それの代表的な注釈である『春秋左氏伝《しゅんじゅうさしでん》』の文公六年(紀元前六二一)では、穆公の死と子車氏三兄弟の殉死を記したのに続けて、秦の国の人たちが三人を憐れんで「黄鳥《こうちょう》」(『詩経』秦風《しんぷう》)の詩を作ったことと、それとともに「善人」を死なせた穆公を批判することばを載せています。のちに魏の曹操の配下にあった詩人王粲《おうさん》の「詠史詩《えいしし》」、曹操の次男曹植《そうしょく》の「三良詩《さんりょうし》」(三良とは殉死した子車氏の三兄弟を指します)、いずれも穆公を非難しています。

2 曹操の遺令

西晋を代表する文学者である陸機については、すでに第四章3節のなかで、死刑を前にして故郷で聞いた鶴唳《かくれい》(鶴の声)を懐かしんだ故事を記しました。その陸機が故国の呉を離れて晋に仕えたばかりの時、秘書省の著作郎という官に任じられました。秘閣《ひかく》(宮中図書館)の仕事です。秘閣には外部では見られないような書物や文書が蔵されていましたが、そのなかに魏の曹操の「遺令《いれい》」、遺言としてのこされた命令書を見つけました。

曹操(一五五～二二〇)といえば『三国志』の物語では蜀の劉備に敵対する悪玉とされていますす。しかし後漢の末に挙兵した群雄の雄となって、事実上、三国の魏を立ち上げた不世出の英傑でもあります。武人としてのみならず、政治家としても、さらには文学者、学者としても傑出した人物でした。

そんな歴史に名を刻まれる大きな人物の「遺令」を見た陸機は、深い悲しみに襲われます。曹操のなかに人間の弱さ、憐れさを見たからです。ただし、曹操の「遺令」そのものはのこっていませんから、陸機の「魏の武帝（曹操）を弔《とむら》う文　并《なら》びに序」（『文選』巻六〇）を通して、その概要を知るほかありません。

「遺令」には国家運営についての遺言もあったようですが、それについては陸機はまことに遠大であると記すにとどまります。陸機が目を引かれたのは、私事に関するこまごまとした指示のほうです。死の床にある曹操は末子である豹《ひょう》の世話をほかの子どもたちに頼み、涙を流します。

傷ましい哉、曩《さき》には天下を以て自ら任じ、今は愛子を以て人に託す。

傷哉、曩以天下自任、今以愛子託人。

いたわしいことだ、かつては天下を己れの任務とした男が、今や愛児を人に頼むとは。

そして自分が築いた銅雀台《どうじゃくだい》に朝晩食べ物を備え、毎月一日と十五日には宮女たちに歌舞を披露するように命じます。さらに遺品についても細々とした指示が続きます。のこった香《こう》は側室たちにわけよ。彼女たちには手芸を習って靴紐を作り、それを売って生活費とせよ。印綬《いんじゅ》や衣服は倉庫をこしらえてそこに収めよ。それができなければ兄弟たちでわけよ。

自分の死後のことにこだわりつづけた曹操の憐れな姿を綴ったあと、陸機はこう記しています。

悲《かな》しいかな、愛《あい》は大《だい》なる有《あ》るも必《かなら》ず失《うしな》い、悪《お》は甚《はなは》だしき有《あ》るも必《かなら》ず得《う》。智慧《ちえ》も其《そ》の悪《お》を去《さ》る能《あた》わず、威力《いりょく》も其《そ》の愛《あい》を全《まっと》うする能《あた》わず。

悲夫、愛有大而必失、悪有甚而必得。智慧不能去其悪、威力不能全其愛。

なんと悲しいことか。生はどれほど愛したところで必ず失ってしまう。死をどれほど憎んだところで離れることはできない。いかに知力があろうと憎む死を取り去ることはできないし、いかに権力があろうと愛する生をまっとうすることはできない。

（「魏の武帝を弔う文」）

『文選』の李善の注では、「愛」「悪」を一般的な愛情と憎悪の感情と解していますが、ここでは五臣《ごしん》の注にしたがって、「愛」は生、「悪」は死のことを言うとして読みました。三国呉の名門に生まれた陸機にとって、曹操の魏は仇敵にあたります。曹操を弔う文も表面上は曹操が実はこんな小人物であったと貶《けな》しているかに見えます。しかしおそらく、陸機がこの弔文を綴った動機は、曹操のような英傑ですら、死を前にして生への未練を捨てきれない人間というものの弱さ、それに心を動かされたからではなかったでしょうか。

3　宴のさなかで（1）——斉の景公

春秋時代、斉《せい》の景公《けいこう》（在位、紀元前五四七〜四九〇）は家臣を引き連れて牛山《ぎゅうざん》という山に登り、酒宴を催しました。君王が山に登るのは、日本でいう「国見《くにみ》」の習慣のように、眼下の領土を眺めて豊穣を予祝《よしゅく》する行為だったでしょうが、斉の景公の時にはすでに古代の習俗は後退し、君臣ともに饗宴を楽しんでいます。

その歓楽の最中に突然、景公は泣きだしました。

美《うつく》しき哉《かな》 国《くに》や。鬱鬱芊芊《うつうつせんせん》たり。若何《いかん》ぞ滴滴《てきてき》として此《こ》の国《くに》を去《さ》って死《し》せんや。古《いにしえ》より死無《しな》からしめば、寡人《かじん》 将《は》た斯《ここ》を去《さ》って何《いず》くにか之《ゆ》かん。

美哉国乎。鬱鬱芊芊。若何滴滴去此国而死乎。使古無死者、寡人将去斯而之何。

なんと美しい国だろう。鬱蒼《うっそう》と樹木が茂っている。どうしてこの国を立ち去って死ぬのだろうか。昔から死というものがなかったならば、余はここを去ってどこへも行きはしない。

（『列子』力命篇）

この話は『晏子春秋《あんししゅんじゅう》』の数か所のほか、『韓詩外伝』、『太平御覧』の引く『新序』、『春秋左氏伝』など、あちこちに見えますが、ここでは『列子』から引きました。

斉の景公は山から眺めるわが領土の緑にあふれる風景をいとおしみ、いつまでも自分の所有物としておきたいのに、しかし自分はやがてこれを捨てて死んでいかねばならない。そう思って涕泣《ていきゅう》したのです。まわりの家臣も、もらい泣きして言います。

——わたしどもは粗末なものを食べ、貧相な馬に乗るしがない暮らしをしていますが、それでも死にたくありません。ましてや殿はめぐまれた暮らしぶり、死にたくないのは当然のことです。

楽しかるべき宴の最中に君臣ともども泣き崩れる、それを見た晏子《あんし》(?〜紀元前五〇〇)は一人笑い出します。景公が「お前だけがなぜ笑うのか」といぶかると、晏子は景公の思い違いを諭《さと》します。

——賢い者が斉の国を守ったならば、始祖の太公(太公望呂尚《りょしょう》。周の武王を補佐して殷《いん》を破った功績によって、斉の国に封ぜられた)や中興した桓公《かんこう》がずっと君臨したことでしょう。力のある者が斉の国を守ったならば、先代の荘公《そうこう》や霊公《れいこう》がずっと君臨したことでしょう。この方々がそのまま斉の君王でありつづけたら、殿は蓑笠《みのかさ》を着けて畑仕事に煩わされ、自分の死など考えるゆとりもなかったはずです。斉の君王に立つなどあり得ません。

そしてこう言います。

其《そ》の迭《たが》いに之《これ》に処《お》り、迭《たが》いに之《これ》を去《さ》るを以《もっ》て、君《きみ》に至《いた》るなり。

以其迭処之、迭去之、至於君也。

次々と君王の地位に立ち、次々と去っていったから、殿の番になったのです。

（『列子』力命篇）

景公が望んだ「古より死無し」、人間に死というものがなかったら、昔の人が居続けただろう、生死が繰り返されるからこそ、人は生まれるのだ、と晏子は言うのです。晏子の論は確かにそのとおりで、生があるためには死がなければならないと、理屈によって自分の生に執着した斉の景公をやりこめます。

4　宴のさなかで(2)——晋の羊祜

春秋時代の斉の景公の話は、記録された時代はともかく、舞台としては紀元前六世紀、孔子よりも前の時期に設定されています。それからずっと下って紀元後三世紀の羊祜《ようこ》についても、よく似た話が伝えられています。

羊祜（二二一～二七八）は西晋の武将ですが、史書の描くところでは周りの人々から敬愛を集めた、まれにみる爽やかな人柄だったようです。西晋の武帝（司馬炎《しばえん》）の信頼を得て、戦闘の続いていた呉《ご》に対する前線基地であった襄陽《じょうよう》（湖北省襄陽市）の長官に任じられました。襄陽の地にあった羊祜は、天気のいい日には峴山《けんざん》という山に家臣を連れて登り、酒を酌み交わし詩を吟ずる宴を開きました。その時、ふとため息をついて左右の者にこう語りかけました。

宇宙《うちゅう》有《あ》りて自《よ》り、便《すなわ》ち此《こ》の山《やま》有《あ》り。由来《ゆらい》　賢達勝士《けんたつしょうし》、此《こ》れに登《のぼ》りて遠望《えんぼう》すること、我《われ》と卿《なんじ》の如《ごと》き者多《ものおお》し。皆《み》な湮滅《いんめつ》して聞《き》こゆる無《な》く、人《ひと》をして悲傷《ひしょう》せしむ。如《も》し百歳《ひゃくさい》の後《のち》に知《ち》有《あ》らば、魂魄《こんぱく》猶《な》お応《まさ》に此《こ》れに登《のぼ》るべし。

自有宇宙、便有此山。由来賢達勝士、登此遠望、如我与卿者多矣。皆湮滅無聞、使人悲傷。如百歳後有知、魂魄猶応登此也。

宇宙が生まれて以来、この山は存在し続けている。これまで優れた人士たちは、ここに登って遠くを眺め、今わたしや君たちがしていることを多くの人が繰り返してきた。しかしみなこの世から消えてあとかたもないことを思うと、悲しくなる。もし死後にも精神がのこっているものならば、わたしは魂になってもきっとここに登ることだろう。

（『晋書』羊祜伝）

羊祜の悲嘆のことばを聞くと、側近の鄒湛《すうたん》という者が答えました。

――殿は四海に冠する徳を抱き、先哲を受け継ぐ道を備え、その名声は必ずこの山と同じように後世に伝えられていくことでしょう。それに引き替え、わたしのごとき者は、殿のおっしゃるとおりでありましょうが。

そののち、羊祜が亡くなると、襄陽の人々は峴山の羊祜がかつて遊んでいた場所に碑や廟《びょう》を建て、時節ごとにお祭りをしました。その碑を眺める者は誰もが涙を流したので、羊祜の友人でやはりすぐれた武将であった杜預《どよ》が、それを「堕涙碑《だるいひ》」と名付けたということです。

山の上で家臣たちと酒宴を催している最中に突然自分の死を想起して悲しむというところは、

先に記した斉の景公の話と同じです。ただシチュエーションは同じでも、二つの話から受ける味わいはずいぶん違いがあります。斉の景公の場合は、晏子が人は死ぬからこそ後の世の人の生があるのだと理詰めで説くのと違って、羊祜の悲しみに対しては鄒湛が殿の名声は死後ものこると慰めています。晏子が生に執着する景公を理によって批判したのに対して、鄒湛は死の必然を悲しむ羊祜を情によって慰めるのです。羊祜の話は家臣との交情、土地の人々の敬慕の念など、あたたかな情愛に包まれています。

違いはそれだけに限りません。斉の景公は自分が麗しい国土を捨てて死んで行くことを嘆いていました。いわば自分の所有物を失うことを悲しんだのです。羊祜のほうは、宇宙開闢《かいびゃく》以来、峴山から眺める風景を楽しんだ人たちがみなこの世から消えてしまったこと、自分もその一人としてやがて死んで行くことを悲しんでいます。自分の死を人間全体の宿命として捉えていて、個人の死に限定せずに、人である限り免れない宿命を嘆いているのです。それによって斉の景公の場合にはなかった、もっと大きな悲しみが拡がります。

斉の景公の話より羊祜のほうが人々の共感を呼び起こしたのか、のちの世の詩のなかでも峴山の羊祜の話は典故《てんこ》としてたびたび用いられていきます。

斉の景公も西晋の羊祜も、家臣たちとの宴の最中に突如として死を思い、悲しみに暮れるのですが、それとよく似た話がヘロドトス（前四八五？〜前四二〇）『歴史』のなかにも出てきます。ペルシャのアケメネス朝の第四代の王クセルクセスがギリシアに対する海戦に勝利した宴席の場面で、ふいに落涙します。いぶかる側近に対して、クセルクセスはこう答えます。

「これだけの数の人間がおるのに、誰一人として百歳の齢まで生き永らえることができぬと思うと、おしなべて人の命はなんとはかないものかと、わしはつくづくと哀れを催してきたのじゃ」（巻七、四六節。松平千秋訳）。

歓びの場で人の命のはかなさを思って泣くところは同じですが、側近の慰め方が違います。

「われらが一生の間に会いますことの中には、それよりも外にもっと憐れむべきことがございます。ここにおります者たちばかりではございません、ほかの者についても同じことでございますが、かかる束《つか》の間の人生におきましても、生よりもむしろ死を願わしく思うことが、一度といわず幾度も起らぬほど仕合せな境遇に生れついた人間は、唯の一人もおりません。不幸に見舞われ、病に悩まされるものには、この短い人生も長すぎるように思えて参ります。かくして煩《わずら》い多い人生にありましては、死こそ人間にとり何にもまして願わしい逃避の場となりますわけで、かくてはわれらに人生の甘美の味を味わわせて下さった神の御心は、実は意地の悪いものであると申せましょう」（同上、四六節）。

生きることがあまりにも辛いために、死の訪れを待ち望むのがふつうの人の生だというのです。それを聞くと、クセルクセスは、「人生というものはいかにもそなたの申すとおりであるから、もうその話は止そうではないか。またわれわれは現に仕合せを掌中に握っているのであるから、不幸のことなどは考えぬことにしよう」（同上、四七節）と述べました。そして、今の楽しい宴を楽しむことに専念することにしようと話を打ち切ります。

この話柄《わへい》には、庶民にとって生き続けることは死よりも苦しく、耐え難いこと、むしろ死によって生の苦から免れることができる、という考えが見られます。中国にも生は労苦であり、死はそれから逃れた休息であるということばがありましたが（第二章2節　死は休息）、ここでは苦しく辛い生を生きている人々の思いが、実感として生々しく語られています。

六　死は必然

牡丹図(清，惲寿平，北京故宮博物院蔵)

1　死は宿命

死生《しせい》は命《めいあ》有り、富貴《ふうき》は天《てん》に在《あ》り。

死生有命、富貴在天。

人の生死は運命しだい、人の富貴は天しだい。

（『論語』顔淵《がんえん》篇）

司馬牛《しばぎゅう》という、孔子の弟子の一人が、悲嘆して言います。
——人は誰でも兄がいるのに、わたしだけはいない。
それに対して弟子の子夏《しか》が、「わたしは、こんなことばを聞いたことがある」として語るのが右のことばです。「人の寿命は運命によって決まっている、人の富貴は天によって定められている、と言われる。君子は敬虔《けいけん》で誤りを犯さないものだ。人に対してへりくだって礼を失わなければ、四海《しかい》のなか、誰もが兄弟になりうる。君子はどうして兄弟がないなどと悩むことがあろうか」。

子夏が引いた先人のことばは、「死生は命有り、富貴は天に在り」の二句としてここでは読みましたが、清の学者、銭大昕《せんたいきん》は「四海の内、皆な兄弟なり」までの四句と受けとめています。いずれにしても、謙虚な態度で人に接したら、世界中の誰とも兄弟のように親しくなれるものだ、こう語って、子夏は兄弟のいないことを悲しむ司馬牛を慰撫しています。

「死生は命有り、富貴は天に在り」、これとそれに続くことばがどう繋がるのか、なんだか飛躍があるようにも見えますが、子夏の言いたいことは、寿命や富は自分の力で得られるものでない、しかし兄弟がいないことは自分の生き方しだいで解決できる。慎ましやかにまわりの人と接したら、誰もが兄弟のようになる、ということなのでしょう。

「四海の内、皆な兄弟」はここではおいて、その前の「死生」「富貴」の二句を見ましょう。清の学者、劉宝楠《りゅうほうなん》の著した『論語』の注釈書『論語正義《ろんごせいぎ》』では、これは「夫子」すなわち孔子に聞いたことばであるとしていますが、当時ふつうに言いならわされていたことばだったと考えてよいでしょう。

「死生は命有り」――人はいつまで生き、いつ死ぬか、これは人のあずからないところで定められている。同じように「富貴」――物質的な豊かさと社会的な身分の高さ、「富」と「貴」は別々のものではなく、富裕者は即、高貴な人でもあったわけですが、それもあらかじめ決まっている。「命有り」「天に在り」はいわゆる「互文《ごぶん》」で、同一の意味を別のことばで言い換えたものです。

並べられた「死生」と「富貴」は、それぞれ「長く生きたい」、「物質的豊かさと高い地位を得たい」という人間の二つの願望にほかなりません。その願望はしかし自分の力でかなえられるものではない、それをいうのが「命有り」「天に在り」です。

二つのことを並列した成語の場合、一方が自明のことであればそれをてこにして、もう一方に説得力をもたせることが往々にしてあります。この場合、寿命は決まっているもので受け入れるしかない、というわかりきったことをもとに、富貴も同じように求めて得られるものではない、それを言うのがもともとの意図だったように思われます。富貴が偏在する不条理に際した時、あきらめ、自分を慰めるためのことばだったのでしょう。

「死生は命有り」が「富貴は天に在り」を引き出すためのきっかけにすぎないにしても、今ここで注目するのは、「死生は命有り」のほうです。生きる死ぬは天の定めたこと、人にはどうしようもない――こうした思いは、死というものを人間の必然とする考えと結びついています。

人は死を免れない、死は人間の宿命である、それは繰り返し語られています。

生有《せいあ》る者《もの》は必《かなら》ず死有《しあ》り、始《はじ》め有《あ》る者《もの》は必《かなら》ず終《お》わり有《あ》り、自然《しぜん》の道《みち》なり。

有生者必有死、有始者必有終、自然之道也。

（『法言』君子篇）

生まれた者には必ず死がある。始めがあれば必ず終わりがある。それが自然の道だ。

始めがあるから終わりがある。始めがなければ終わりもない。「始め」というのは「終わり」とひとそろいのもの。なるほど、言われてみればその通りです。「始め有る者は必ず終わり有り」の句と重ねるようにして説かれる「生有る者は必ず死有り」、生があるから死がある、これも否応なく納得させられます。少なくとも論理のうえでは。

このことばは、揚雄《ようゆう》の著わした『法言《ほうげん》』という本のなかに出てきます。揚雄（紀元前五三〜紀元後一八）は前漢末の人です。初めは当時の文学の中心であった「賦《ふ》」のジャンルで頭角をあらわし、同じく蜀の出身で百年ほど前の司馬相如《しばしょうじょ》（?〜紀元前一一八）に続く、漢代の賦の代表的作者となりました。

賦というのは、詩と同じく韻は踏みますが、詩と違って一句のなかの字数も、一篇のなかの句数も決まっていません。漢代には詩はまだ未発達で、賦というジャンルが文学の中心を占めていました。

揚雄には「羽猟《うりょう》の賦」と題された、狩猟の勇ましさを描いた賦があります（『文選』巻八）。狩りの楽しさをさんざん書き連ね、一番最後になって、しかし聖賢の偉業を思えば狩りなどの遊びにうつつをぬかしていてはならぬとお説教を記して長い賦を閉じます。これが当時の文学の一つの形式でした。文学としてのおもしろさ、作者の腕の振るいどころは、狩猟を描く部分にあり、分量もこの賦の大半を占めるのですが、最後に教訓を添えて締めくくるのです。

それを揚雄は「百を勧めて一を諷《ふう》す」——享楽の喜びばかり述べて批判は一言だけ、これではためにならない、と文学に見切りをつけ、孔子に続く思想家になろうと転身しました。文学など子どものすること、「壮夫《そうふ》は為《な》さざるなり」、一人前の男がすべきことではない、この考えは二葉亭四迷の「文学は男子一生の業にあらず」まで引き継がれています。

文学を捨てた揚雄は儒家の経典に倣《なら》った書物を次々と著し、その一つとして、ここに挙げたことばが見える『法言』は、『論語』を模倣した本です。

生まれた以上、死に帰結するのは必然であるとすることばは、ほかにもみることができます。たとえば西晋の潘岳《はんがく》(二四七〜三〇〇)には、こんなことばがあります。

古《いにしえ》の在昔自《むかしよ》り、生有《せいあ》れば必《かなら》ず死《し》す。

自古在昔、有生必死。

昔から、生まれたら必ず死ぬものだ。

(「楊荊州《ようけいしゅう》の誄《るい》」序、『文選』巻五六)

「誄《るい》」というのは死者を悼み、死後に贈られる諡《おくりな》を与える文体で、潘岳という人は亡くなった人を哀しむ詩や文にとりわけすぐれた作品をのこしている人です。この誄が捧げられた「楊荊州」とは荊州刺史《しし》であった楊肇《ようちょう》で、潘岳の妻の父親にあたります。「古《いにしえ》の在昔《むかしよ》り、生有れば必ず死す」、これに続けて「身没《みぼっ》するも名垂《なた》るるは、先哲の韙《よ》しとする所」、たとえ亡くなっても名声がのこることを先人は尊んだ、それゆえにここに生前の功績や人徳を記そう、と述べています。

もっとさかのぼって、戦国時代の文のなかにも、死は人間の必然であるということばはのこっています。

死《し》は人《ひと》の免《まぬが》れざる所《ところ》なり。

死者人之所不免也。

死というのは、人が免れることができないものなのです。

（『戦国策《せんごくさく》』（秦策《しんさく》三）、『史記』巻七九　范雎《はんしょ》・蔡沢《さいたく》列伝）

これは戦国時代の遊説家、范雎《はんしょ》のことばです。范雎はもともと魏の人でしたが、魏の機密を斉の国にもらしたという嫌疑を受け、半死半生の目に遭いました。死んだと装って脱出、秦の国に行き、秦の昭襄王との接見にこぎつけます。そして自分の意見を聞き入れていただければ、死んでもかまわないとして、次のように語ります。

五帝のような聖人ですら死に、三王のような仁者でも死に、五伯のような賢人でも死に、烏獲《うかく》や任鄙《じんぴ》のような強力の者でも死に、成荊《せいけい》、孟賁《もうほん》、王慶忌《おうけいき》、夏育《かいく》のような勇者でも死にました。死というのは、人が免れることができないものなのです。この必然の力のなかに身を置いて、少しでも秦のためにできることがありましたら、これこそわたしの切に願うところです。

いかにすぐれた人であろうと、強い人であろうと、死は免れない。自分にもいずれ死は訪れる。ならば生きている間に王の治める秦のために尽力できれば本望だ、という文脈のなかで言われたことばです。そこに夾まれた「死は人の免れざる所なり」は、すでに通行のことばとなっていたかのようです。

春秋時代、斉《せい》の景公《けいこう》が死から逃れるすべのないことを悲しむのを、晏子《あんし》が諭す話はすでに記しましたが(第五章)、そこでも晏子は死が必然であることを次のように語ります。

夫《そ》れ盛《せい》の衰《すい》有《あ》る、生《せい》の死《し》有《あ》るは、天《てん》の分《ぶん》なり。

夫盛之有衰、生之有死、天之分也。

いったい盛んな者には衰えが訪れる、生まれた者には死が訪れる、それが天の定めなのです。

(『晏子春秋』外篇巻七)

前漢の文帝《ぶんてい》(在位、紀元前一八〇~前一五七)は高祖劉邦の子。呂后の子の恵帝《けいてい》のあとを承けた、漢の第三代（数え方によっては第五代）皇帝です。その死に際して「遺詔《いしょう》」がのこされています。

蓋《けだ》し天下《てんか》万物《ばんぶつ》の萌生《もうせい》するや、死有《しあ》らざる靡《な》し。死《し》なる者《もの》は天地《てんち》の理《り》、物《もの》の自然《しぜん》なる者《もの》なり。奚《なん》ぞ甚《はなは》だ哀《かな》しむべけんや。

蓋天下万物之萌生、靡不有死。死者天地之理、物之自然者。奚可甚哀。

そもそも天下の万物、生まれたものに死がないものはない。死というのは天地の理、万物の自然なのであるから、ひどく悲しんだりすべきでない。

（『史記』孝文本紀《こうぶんほんぎ》）

こう述べて文帝は「薄葬《はくそう》」、つまり簡素に葬るようにと言いつけます。——不徳の自分は世の人々を助けることもできなかった。このうえ、手厚く葬ることを求めたら、いっそう苦しめることになる。

そうして長安郊外の霸陵《はりょう》という陵墓に葬られました。後世、世が乱れると、人々は名君として霸陵に思いを寄せました。いつの時代にも「厚葬」は避けるべきこととされましたが、しかし実際には歴代の皇帝の広大な陵墓がたびたび築かれたことは周知のとおりです。

2　死は自然

この世に生まれた物は、植物でも動物でも、生のあとには死に至る。自然物がそうであるならば人間も同じこと、そう考えて死を受け入れようとすることばも見えます。次の詩句は唐の詩人白居易《はくきょい》(七七二〜八四六)、字《あざな》で呼べば白楽天の文集に見えます。

子《み》結《むす》びて花《はな》は暗《くろ》ずみて凋《しぼ》み、繭《まゆ》成《な》りて蚕《かいこ》は老《お》いて死《し》す。

子結花暗凋、繭成蚕老死。

実を結ぶと花は黒ずんで枯れ、繭《まゆ》ができるとカイコは老いて死ぬ。

(「感有《かんあ》り」三首　その一)

「美人薄命」にあわせて「詩人薄命」とも言われますが、しかし白居易は少なくとも外側から見る限り、詩人としてはまれにみる幸福な人生を送りました。名門の出身ではなかったのに、新興の階層に門戸が開けた時代に生まれ合わせ、一度は左遷されたもののまずは順風満帆、宰相の地位も手に届きそうでしたが、それには就かず、悠悠自適の長い晩年を過ごして七十五歳に至る天寿をまっとうしたのです。

五十代の半ばからは洛陽の広大な邸宅で、半ば隠居の暮らしに入ります。「太子《たいし》賓客《ひんかく》分司《ぶんし》東都《とうと》」という官職は、洛陽詰めの皇太子顧問役といったところですが、この職は高い地位を経た高級官僚が就くことができる、一種の名誉職。俸給は高くて仕事はない、つまりは官に就きながら実質的には隠逸《いんいつ》と変わらないものでした。白居易ならずとも誰でも欲せざるをえない立場です。

この時期の詩は生きていることの歓び、日々の暮らしの充実感、そんな詩が多いのですが、しかし先に二句を引いた「感有り(思うところあって)」と題された詩は、いくらか趣きが異なります。全体をざっと眺めてみましょう。

鬢髪《びんぱつ》　已《すで》に斑白《はんぱく》
衣綬《いじゅ》　方《はじ》めて朱紫《しゅし》
窮賤《ひんせん》は壮年《そうねん》に当《あ》たり
富栄《ふえい》は暮歯《ぼし》に臨《のぞ》む
車輿《しゃよ》　紅塵合《こうじんがっ》し
第宅《だいたく》　青煙起《せいえんた》つ
彼来《かれき》たれば此《これ》は須《すべか》らく去《さ》るべきは
品物《ひんぶつ》の常理《じょうり》
第宅《だいたく》は吾《わ》が廬《いおり》に非《あら》ず
逆旅《げきりょ》　暫《しばら》く留止《りゅうし》す
子孫《しそん》は我《わ》が有《ゆう》に非《あら》ず
委蛻《いぜい》するのみ
蚕《かいこ》の繭《まゆ》を作《つく》るが如《ごと》き有《あ》り

髪がごま塩になって、
身分はようやく朱紫の高官。
壮年の時は貧乏、
金・地位に恵まれるのは晩年。
乗り物に巻き立つ塵、
邸宅に生じる靄。
向こうが来たらこちらは立ち去る、
それが物事の道理。
邸宅はわたしのすみかじゃない、
仮の宿りにしばし滞在しているのみ。
子ども・孫はわたしの物じゃない、
脱皮したあとの蛻《ぬけがら》にすぎない。
カイコが繭《まゆ》を作るようなもの、

又《ま》た花《はな》の子《み》を生《しょう》ずるに似《に》る
子《み》結《むす》びて花《はな》は暗《くら》ずみ凋《しぼ》む
繭《まゆ》成《な》りて蚕《かいこ》は老《お》いて死《し》す
悲《かな》しいかな奈何《いかん》とすべき
世《よ》を挙《あ》げて皆《み》な此《か》くの如《ごと》し

あるいは花が実を生むのにも似る。
実ができたら花は枯れる、
繭《まゆ》ができたらカイコは死ぬ。
悲しいことに、どうするすべもない、
世のなかすべてこのようなもの。

この詩を悲観の色に染めているのは、迫り来る死にほかなりません。長い苦労を経てやっと富や地位を手にしたと思えば、もはや晩年。立派なお屋敷も仮の宿りの人生のつかの間の滞在に過ぎない。子どもをのこしても、それは自分の蛻《ぬけがら》であって自分自身ではない。

そして花とカイコのたとえがおかれます。花とカイコは人間における親と子どもの比喩です。本体の死、消滅、その代わりに存在を得るもの。花は枯れたあとに実ができる。カイコは死んだあとに繭がのこる。この関係は肯定に転じることもできます。花は枯れても、実はのこる。カイコは死んでも繭はのこる。人間の場合にも人は死んでも子孫はのこる、というように。しかしこの詩では、白居易は悲観の方向で捉えています。

3　死は平等

人にとって必然である死は、どんな人にも等しく訪れます。誰にとっても必然である死ほど平等なものはありません。死が平等であることを、『列子』は次のように語っています。

万物《ばんぶつ》の異《こと》にする所《ところ》の者《もの》は生《せい》なり。同《おな》じくする所《ところ》の者《もの》は死《し》なり。生《せい》は則《すなわ》ち賢愚《けんぐ》貴賤《きせん》有《あ》り。是《こ》れ異《こと》にする所《ところ》なり。死《し》は則《すなわ》ち臭腐《しゅうふ》消滅《しょうめつ》有《あ》り。是《こ》れ同《おな》じくする所《ところ》なり。

万物所異者生也。所同者死也。生則有賢愚貴賤、是所異也。死則有臭腐消滅、是所同也。

万物の間で生はそれぞれに異なるが、死はみな同じだ。生には賢愚とか貴賤とかの違いがある。それが異なる。死は腐乱し消滅するだけ。これはみな同じ。

（『列子』楊朱《ようしゅ》篇）

人間には能力の違い、貧富の違いがある。しかし能力のあるなし、富のあるなしにかかわらず、死んでしまえば誰もが同じくこの世から消えてゆく。生きている間はさまざまな違いのなかで生きざるを得ないにしても、死は誰にも同じようにもたらされる。

生きている間の「異なる所」である賢と愚、あるいは貴と賤、それは自分で選ぶことのできるものではありません。おのずと定められたものです。そしてすべての人に平等である死も、否応なく死に至るものですから、これも自分で選ぶことのできないものです。平等である死も、人の自由にはならないという点では、結局、賢愚貴賤の違いと同じことになってしまいます。

ただ死に違いがあるとすれば、長生きか短命かです。『列子』楊朱篇の別の条では「但だ伏《ふく》羲《ぎ》(最も昔の王)已来《いらい》、三十余万歳、賢愚も好醜も、成敗も是非も、消滅せざる無し。但だ遅速の間のみ」――古代よりこのかた、三十万年、賢人も愚者も、美しい人も醜い人も、成功した人も失敗した人も、正しい人も悪い人も、みな消滅してしまった。ただ早いか遅いかの違いがあるだけだ。

しかし先に挙げた条では、長寿も短命も結局は同じことだと言っています。

十年《じゅうねん》も亦《ま》た死《し》なり。百年《ひゃくねん》も亦《ま》た死《し》なり。仁聖《じんせい》も亦《ま》た死《し》す、凶愚《きょうぐ》も亦《ま》た死《し》す。
生《い》きては則《すなわ》ち堯舜《ぎょうしゅん》なるも、死《し》しては則《すなわ》ち腐骨《ふこつ》なり。
生《い》きては則《すなわ》ち桀紂《けっちゅう》なるも、死《し》しては則《すなわ》ち腐骨《ふこつ》なり。
腐骨《ふこつ》なるは一《いつ》なり。孰《たれ》か其《そ》の異《こと》なるを知《し》らん。

十年亦死、百年亦死。仁聖亦死、凶愚亦死。生則堯舜、死則腐骨。生則桀紂、死則腐骨。腐骨一矣。孰知其異。

十歳で死ぬのも死だ。百歳で死ぬのも死だ。仁者聖人も死ぬし、悪人愚者も死ぬ。
生きている間は尭《ぎょう》や舜《しゅん》のような聖王であっても、死ねば腐った骨となる。
生きている間は桀《けつ》や紂《ちゅう》のような非道の王であっても、死ねば腐った骨となる。
腐った骨となるのはみな同じだ。違いなどありはしない。

（『列子』楊朱篇）

堯と舜は理想的な古代の王、桀《けつ》は夏王朝最後の、紂《ちゅう》は殷王朝最後の、ともに暴虐で知られる王です。

生前の所行にかかわらず誰もが死に至る。それと同様に、短命とか長寿とか、それも相対的な違いに過ぎず、結局は同じことだと言っています。

老荘思想に連なる『列子』では、このように生も死も人の力ではいかんともしがたいと考えているようですが、儒家のほうではその制約のなかで人は努力すべきだという方向に向かいます。

殀寿《ようじゅ》弐《に》ならず、身《み》を修《おさ》めて以《もっ》て之《これ》を俟《ま》つ、命《めい》を立《た》つる所以《ゆえん》なり。

殀寿不弐、修身以俟之、所以立命也。

夭折するのも長生きするのも同じこと。立派な行いに努めて天命を待つ。そうして天命をまっとうするのである。

（『孟子』尽心《じんしん》篇上）

『孟子』は戦国時代の孟子（孟軻《もうか》。前三七二?~前二八九）の思想や高堂を記した、儒家の代表的な本です。

「殀」は同じ音の「夭」に通じます。夭折《ようせつ》の「夭」です。「弐ならず」とは、二つではない、同じこと。短命であろうと長寿であろうと、どちらであれ、与えられた生のなかで徳を磨くことに努力するのが、「安心立命」、心を落ち着かせて天から与えられた使命を成し遂げる手立てになるというのです。

七　死への恐れ、死への憤り

栄啓期図（南朝，磚画竹林七賢栄啓期図拓本（部分），南京博物院蔵）

1　死を厭う

春秋時代、魯《ろ》の昭公二十五年というと、西暦では紀元前五一七年にあたりますが、晋の国の趙簡子《ちょうかんし》が鄭《てい》の国の子大叔《しだいしゅく》に、「礼」とは何かと問いかけます。子大叔は鄭の名宰相として知られる子産《しさん》から聞いた話として、天地万物の本質と結びつけて礼の意義を説きます。むずかしい議論が繰り広げられていますが、ごくあっさりまとめてしまえば、要するに礼は自然のありかたに合致したものだ、ということです。楽しいことも悲しいことも自然の感情であり、それぞれにふさわしい礼がある。それに素直に従えばよいのだ、と。

そして次のことばがあらわれます。

生《せい》は好《よ》き物《もの》なり。死《し》は悪《あ》しき物《もの》なり。好《よ》き物《もの》は楽《たの》しきなり。悪《あ》しき物《もの》は哀《かな》しきなり。哀楽失《あいらくしっ》せざれば、乃《すなわ》ち能《よ》く天地《てんち》の性《せい》に協《かな》い、是《ここ》を以《もっ》て長久《ちょうきゅう》たり。

生、好物也。死、悪物也。好物、楽也。悪物、哀也。哀楽不失、乃能協于天地之性、是以長久。

生はよいものです。死はわるいものです。よいものは楽しく、悪いものは悲しい。楽しいこと・悲しいことを正しく区別すれば、それは天地の本質と一致して、国が滅びることはありません。

（『春秋左氏伝』昭公二十五年）

ここでは祝儀不祝儀をきっちり区別して、それぞれの礼を行うべきことを語っているのですが、そこに言われている「生は好き物なり、死は悪しき物なり」は生と死に対して人々がいだく感情を端的にあらわしています。ことほどさように生は楽しく、死はいつの時代であれ忌み嫌われるものであったに違いありません。

『春秋左氏伝』のなかのこのことばは、道教のことばを集めた『雲笈七籤《うんきゅうしちせん》』という本のなかにも引かれて、次のように敷衍《ふえん》されています。

或《あ》るひとは我《われ》を労《ろう》するに生《せい》を以《もっ》てすと云《い》う。生《せい》なる者《もの》は好《よ》き物《もの》なり、其《そ》の生《せい》を悪《にく》む可《べ》からず。或《あ》るひとは我《われ》を休《きゅう》するに死《し》を以《もっ》てすと云《い》う。死《し》なる者《もの》は悪《あ》しき物《もの》なり、其《そ》の死《し》を好《この》む可《べ》からず。凡《およ》そ人《ひと》の心《こころ》は其《そ》の生《せい》を好《この》まざるに非《あら》ざるに、其《そ》の生《せい》を全《まっと》うする能《あた》わず。其《そ》の死《し》を悪《にく》まざるに非《あら》ざるに、其《そ》の死《し》を遠《とお》ざくる能《あた》わず。

或云労我以生。生者好物也、不可悪其生。或云休我以死。死者悪物也、不可好其死。凡人心非不好其生、不能全其生。非不悪其死、不能遠其死。

生きることは自分を苦しめるという人がいる。しかし生はいいものなのだから、自分が生きていることを憎んではいけない。死ぬことで自分は休息するという人がいる。しかし死はわるいものなのだから、自分が死ぬのを喜んではいけない。いったい、人の心は自分の生を喜ばないことはないが、生き続けることはできない。自分の死を憎まないことはないが、死を遠ざけることはできない。

(『雲笈七籤』巻九〇)

『春秋左氏伝』では人間の「礼」というものについて述べていましたが、ここではそのことばの一部を抜き出して、人間の生死の問題を論じています。生きたい、死にたくない、それが人の自然な感情なのに、にもかかわらず生き続けることはできず、死を遠ざけることができない、そんな人間の宿命を嘆いています。

2　死を楽しむ

死を厭《いと》うのとは反対に、死を楽しく受け入れようという人もいます。栄啓期《えいけいき》といえば古代の隠者で、長寿によって名を知られる人ですが、彼はこんなことばをのこしています。

貧《ひん》なるものは士《し》の常《つね》なり。死《し》なるものは民《たみ》の終《お》わりなり。
常《つね》に処《お》りて終《お》わりを得《え》たり、当《まさ》に何《なに》をか憂《うれ》うべき。

貧者士之常也。死者民之終也。処常得終、当何憂哉。

貧乏というのは人にとって常態であり、死というのは人の終末である。常態にいて終末を迎えるのだから、何を憂うることがあろう。（『列子』天瑞《てんずい》篇）

右に引いたことばの前には、栄啓期と孔子の問答があります。縄を帯代わりに巻いた、まるで浮浪者のような姿で、琴《きん》を弾きながら楽しげに歌っている栄啓期を見かけて、孔子が尋ねます。

――先生はどうしてそんなに楽しそうなのですか。

――わたしには楽しいことがたくさんある。天は万物を生み出したが、わたしは万物のなかでも最も尊い人間に生まれたこと、それが一楽。人間のなかでも、男が尊ばれる世にあって、男に生まれたこと、それが二楽。せっかく生まれても日も月も見ることなく、おむつが取れる前に死んでしまう人もいるのに、わたしはもう九十になる、それが三楽。

つまりは人―男―長寿という三つの条件を与えられたことを幸福として楽しんでいるというのです。男に生まれたことを幸せとするのは今日では通用しませんが、この三条件はいずれも「たまたま与えられたもの」であって、自分が求めようとして得られたものではありません。

そしてまた、これといって特別に恵まれた幸福でもない。要するに自分にたまたま与えられたものをありがたく受け止める、それだけで十分に幸福なのだと栄啓期は言っています。

これがわたしの三つの幸福なのだと言ったあと、「貧なる者は……」ということばが続きます。続くのは三つの幸福の隙間の幸福ならざる事態です。一つは貧乏。しかし貧乏も士にとっては通常の状態だと思えば苦ではない。栄啓期は士人《しじん》に貧窮《ひんきゅう》はつきものだ、貧乏は当たり前なのだと言っているのでしょうが、さらに勝手に補えば、貧窮は相対的なものであって、富裕の身から貧窮に落ちれば不幸を覚えるにしても、ずっと貧乏のままで暮らしていれば、それを貧と意識することもない、とも言えそうです。

もう一つは寿命が限られていること。しかしこれも相対的なものです。いくら長寿だといってもいずれ死は訪れる。人の死は人生の当然の帰結だと思えば、やがていつか来る死を平然と待てばよい。

こうして貧と死の憂苦を解消してしまえば、あとは今生きていることを楽しむだけだ。こうして栄啓期は無一物の暮らしを愉快に送っています。

それを聞いた孔子は、「善きかな、能《よ》く自《みずか》ら寛《ゆる》うする者なり」と感嘆のことばをつぶやいています。「自ら寛うす」とは、人にまとわるさまざまな憂苦を自分で解き放って、心のくつろぎを得ている、ということでしょうが、しかしそれは孔子の見方であって、栄啓期のほうは意識して憂苦を解消したわけではない。ただ単に、自然にそのように生きているだけです。

『列子』には栄啓期に続いて、林類《りんるい》という隠者も登場します。年はもうじき百歳、歌いながら道ばたの落ち穂を拾っています。通りかかった孔子が弟子の子貢《しこう》に尋ねさせます。

――先生は落ち穂拾いなどに身をやつして後悔していませんか。

林類は返事もせずに歌い続けます。

――先生は子どもの時に勉強もせず、成人して世に出てせっせと働きもせず、年老いて妻子もなく、死期が近づいています。何が楽しくて落ち穂を拾いながら歌などうたっているのでしょう。

林類はそこでやっと答えます。

――わしが楽しんでいるものは、人間誰でも持っているものなのに、しかし人はそれを憂苦としている。子どもの時に勉強せず、成人してあくせく働きもしなかったからこそ、こんなに長生きできるのだ。老いて妻子もないから思いのこすこともなしに死期を待っている、だからこんなに楽しいのだ。

子貢がさらに尋ねます。

――長生きは人の欲するもの、死ぬのは人が厭うもの。あなたが死を楽しいというのは、どうしてでしょう。

それに対して、林類は人の生死は輪廻すると語ります。

――死と生とは行ったり来たりするもの、ここで死んだ者がほかの所で生まれないとは限らない。だから生が死にまさるとは限らない。

そして次のことばを続けます。

吾《われ》又《ま》た安《いず》くんぞ営営《えいえい》として生《せい》を求《もと》むることの惑《まど》いに非《あら》ざるを知《し》らんや。亦《ま》た又《ま》た安《いず》くんぞ吾《われ》の今《いま》の死《し》は昔《むかし》の生《せい》に愈《まさ》らざるを知《し》らんや。

吾又安知営営而求生非惑乎。亦又安知吾今之死不愈昔之生乎。

あくせくと生きようとするのは心の惑いではなかろうか。わたしが今死んでいくのが、これまで生きてきたことより劣ると言えようか。

（『列子』天瑞篇）

つまり、生きることを汲々《きゅうきゅう》と求めるのは惑いであり、生が死より勝るとは限らない、というのです。

人は誰しも生を愛し、死を憎む。しかしそうとは限らないという考え方は、『淮南子《えなんじ》』に見える次のことばにも示されています。

『淮南子』は、漢の高祖の孫にあたる淮南王劉安《わいなんおうりゅうあん》（前一七九〜前一二二）が、編纂したと伝えられる本です。道家をはじめとして、さまざまな学説が集められています。

始《はじ》め吾未《われいま》だ生《う》まれざるの時《とき》、焉《いず》くんぞ生《せい》の楽《たの》しきを知《し》らんや。今《いま》吾未《われいま》だ死《し》せず、又《ま》た焉《いず》くんぞ死《し》の楽《たの》しからざるを知《し》らんや。

始吾未生之時、焉知生之楽也。今吾未死、又焉知死之不楽也。

以前、わたしがまだ生まれていなかった時、生が楽しいとはわからなかった。

ならばわたしがまだ死んでいない今、死が楽しくないとはわかりはしない。

（『淮南子』俶真訓《しゅくしんくん》）

生が楽しいといっても、生まれる前にはそれを知るすべもなかった。ならば死が楽しくないかどうかも、死んでみなければわからない。人は生きているなかにあって、まだ経験したことのない死を厭っているに過ぎない、というのです。

3　死を憤る

日本では白楽天という字《あざな》でよく知られている中唐の詩人白居易《はくきょい》、先に述べたように（第六章）、彼は当時としては長い七十半ばに及ぶ人生のなかで、広い交友関係を持ちました。のみならず、まわりの人々との温かい関係は、彼の人生を幸福なものにした一つの要素でした。そのために友人との生別・死別に際しては、とりわけ痛切な悲しみを覚え、そのつど思いを詩に書き付けています。

若い時に孔戡《こうかん》という友を失った時に書いた詩の最後は、こんなふうに結ばれています。

天《てん》は人《ひと》を愛《あい》さずと謂《い》えば、胡為《なんす》れぞ其《そ》の賢《けん》を生《う》む。
天《てん》　果《は》たして民《たみ》を愛《あい》せば、胡為《なんす》れぞ其《そ》の年《とし》を奪《うば》う。
茫茫《ぼうぼう》たる元化《げんか》の中《なか》、誰《たれ》か此《か》くの如《ごと》き権《けん》を執《と》る。

謂天不愛人、胡為生其賢。
謂天果愛民、胡為奪其年。
茫茫元化中、誰執如此權。

天が人を愛さないというならば、どうして賢者をこの世に生み出すのか。
天がもし人を愛するというならば、どうして賢者の寿命を奪うのか。
茫漠たる天地のなかで、誰がこんな権利を握っているのか。（白居易「孔戡を哭《こく》す」）

孔戡のような世の人々の助けになる逸材を天が生んだのは、天が人々を愛しているからではなかったか。だとしたら、どうしてそのような人をむざむざ短命で終わらせてしまうのか――人の命を左右する造物主の不条理を歎き、憤りをぶつけています。

白居易が孔戡の死を慟哭《どうこく》したのは、単に親友を失った私的な悲しみのためではありませんでした。孔戡という人物は当時の政界のなかで、保守官僚層にいやがられた硬骨漢だったようです。そのためにこの「孔戡を哭す」詩は、個人の抒情詩とは別の、政治や社会に対する批判の詩を集めた「諷諭詩《ふうゆし》」の部類のなかに、白居易自身が収めています。友人の死を悼む詩にとどまらず、官界への批判を含んでいたのです。この詩がおおやけにされると、まわりの人たちは口をつぐみ、不快の色を呈したと、これも白居易自身が「元九《げんきゅう》(元稹《げんじん》)に与《あた》うる書」のなかで記しています。

天は人の生殺与奪《せいさつよだつ》の権を握っている。人は天の恣意《しい》に操られる存在にすぎない。友の死に際して、人間の卑小さを嘆く痛切な思いが伝わってきます。

八　亡き人を悼む

講学図（後漢，画象石拓本，重慶市博物館蔵）

1　愛弟子の死を悼む

『論語』先進篇には、孔子の最愛の弟子顔回《がんかい》の死にまつわる条が、四条連続します。断片的な記述がならべられた『論語』のなかで、一つの事柄がこのように続くのは異例なことです。そしてまた、顔回以外の人の死を悼んだ条も『論語』には見られません。孔子にとって顔回がいかに大切な存在であったかがわかります。

顔回の死より前のこと、孔子の一行が旅をしていた途中、匡《きょう》という町で命を脅かされるような事件に遭遇したことがありました。そこへ遅れてやってきた顔回を見て、孔子が「君は生きていたのか」と安堵すると、顔回はこう答えました。

「子《し》在り、回《かい》　何ぞ敢えて死せん」

――先生が生きておられるのに、わたしが死ぬわけにはまいりません。

（先進篇）

こんな美しいことばを返された孔子は、幸福な師であったというべきです。

しかし「何ぞ敢えて死せん」と言った顔回は、孔子より先に、四十歳にやっと届いた若さで死んでしまいます。その時、孔子は「之を哭《こく》して慟《どう》す」、親しい人の死に臨んだ時の悲しみをあらわす「哭」に加えて、さらに「慟」した、極端な悲哀をなりふりかまわず表《おも》てに出した。それは尋常の悲しみの反応を越えるものでした。お供のものが「先生でも「慟」することがあるのですか」と驚くと、孔子は「この人のために慟するのでなくて誰のために慟するのか」と答えたと言われます(先進篇)。

次に挙げる条も、顔回の死に際した孔子の激しい絶望を語っています。顔回は字《あざな》を子淵《しえん》というので、顔淵《がんえん》とも称されます。

顔淵死《がんえんし》す。子曰《しいわ》く、噫《ああ》、天《てん》予《よ》を喪《ほろぼ》せり、天《てん》予《よ》を喪《ほろぼ》せり。

顔淵死。子曰、噫、天喪予、天喪予。

顔淵《がんえん》が死んだ。孔子が言った、「ああ。天はわたしを滅ぼした。天はわたしを滅ぼした」。（先進篇）

「噫《い》」（ああ）というのは、今の中国の標準語の発音では「yi」の一声、後漢初期の包咸《ほうかん》は「痛傷の声なり」と注を付けています。この感嘆詞を吐いたあと、「天　予を喪せり」という絶望のことばを繰り返します。顔淵の死を「天　顔淵を喪せり」とは言わず、「予を喪せり」と言うのです。なぜ自分を滅ぼすことになるのか、それについてこの条では何も語っていません。あとの時代になると、孔子の政治への意欲と結びつけて解釈されます。理想とする政治の実現、その実行に向けてともに努力しようとした有力な協力者を失ったという孔子の深い絶望をあらわしている、というのが、梁《りょう》の皇侃《おうがん》『論語義疏《ぎそ》』の説明です。

しかし孔子自身、その時はっきり理由がわかっていたのではないでしょう。因果関係などつかめないまま、わけもわからぬ絶望感に突然襲われた、その強い衝撃は天が自分を破壊したかのような激しいものだった、そこで思わず「天　予を喪せり」と叫んだのではないでしょうか。ふだんの孔子は「天」の意思を信頼しています。先にも記した匡《きょう》の地で身の危険にさらされた時、孔子はこんなことばを語っています。「天が人間の文化を滅ぼす意思がない以上、匡の人はわたしをあやめることなどできはしないだろう。わたしは周の文王《ぶんのう》以来伝えられてきた文化の伝承者であり、それを後世に伝える使命がある。そのわたしを天は守ってくれるはずだ」と（子罕《しかん》篇）。そしてまた、世の人々から理解されないことを嘆いた時にも、「我を知る者は其れ天か」、天だけはわたしを真に理解してくれるだろうと、天への信頼を自分の拠り所としています（憲問《けんもん》篇）。

しかし顔回が死んだ時、孔子の天に対する信頼は揺らぎが生じます。顔回を死なせたのは天の意思、それは顔回を「喪ぼした」だけでなく、自分をも「喪ぼした」。天と人との関係、天は人間に対して温かに見守ってくれる存在なのか、それとも冷淡な、無関心のままなのか、これはそののち漢代の思想的なテーマとして深められていくものです。

2　妻の死を悼む

中国の詩では一般に男女の情愛をうたうことは抑制されるものですが、二つの例外があります。一つは「閨怨詩《けいえん》」、もう一つが「悼亡詩《とうぼう》」です。この二つは対照的な性格をもっています。「閨」とは女性の部屋、その「怨み」とは、つれあいのいない悲しみです。ともに夜を過ごすべき相手がいない、孤閨《こけい》の悲哀をうたうのが「閨怨詩」ですが、これは男の作者が女の身に成り代わってうたう、虚構の詩です。

「悼亡詩」のほうは「亡きひとを悼む」、ことばのうえでは死者を追悼する詩はすべて悼亡ということになりますが、実際には妻の死に限定されます。閨怨詩とは逆に、こちらは虚構ではなく、実際に妻に先立たれた夫がうたうものです。

閨怨詩は虚構ゆえに男女の情愛が許容され、悼亡詩は夫婦の愛情こそ人倫《じんりん》の基本であるという儒家の考えにもとづいて正当化されたものです。

悼亡詩は西晋の文人潘岳《はんがく》から始まったとされています。潘岳は人の死を悲しむ文辞にすぐれるといわれ、先に引いた岳父の死を悼んだ「楊荊州《ようけいしゅう》の誄《るい》」(第六章)もその一つですが、とりわけ名高いのが「悼亡詩」三首です。元康《げんこう》八年(二九八)、潘岳五十二歳の冬、妻の楊《よう》氏が亡くなりました。詩は一年の喪が明けた時点から回顧して、「その一」は亡くなった冬から春に移る時期、「その二」は夏から秋に移る時期、「その三」は秋から冬に移る時期というように、季節の節目ごとの思いを三篇の詩に綿々と綴っています。
「その一」のなかほどには、次のような句がならんでます。

廬《ろ》を望《のぞ》めば其《そ》の人《ひと》を思《おも》い、室《しつ》に入《い》れば歴《へ》し所《ところ》を想《おも》う。
帷屛《いへい》には髣髴《ほうふつ》する無《な》きも、翰墨《かんぼく》には余《よ》跡《せき》有《あ》り。
流芳《りゅうほう》 未《いま》だ歇《つ》くるに及《およ》ばず、遺挂《いか》 猶《な》お壁《かべ》に在《あ》り。
悵怳《ちょうきょう》として或《あ》るいは存《そん》するが如《ごと》く、周遑《しゅうこう》として忡《うれ》え驚惕《きょうてき》す。

望廬思其人、
入室想所歴。
帷屛無髣髴、
翰墨有余跡。
流芳未及歇、
遺挂猶在壁。
悵怳如或存、

周遑忡驚惕。

家を眺めてはその人のことを思い起こし、部屋に入っては往時の一つひとつがしのばれる。

とばり、屏風《びょうぶ》のあたりにその姿はほのかにさえ見えはしないが、筆跡の跡はくっきりとのこっている。

残り香はまだ消えやることもなく、壁には衣がそのまま掛けられている。

うつろなまま彼女はまだ生きているかのように思い、はっと気づいて悲しみに打ち震える。

（潘岳「悼亡詩」三首 その一、『文選』巻二三）

ともに暮らした生活の場のなかに亡き妻の面影がただよい、その死を認めることができないまま、過去と現在、現実と非現実のあわいのなかに作者は浸り続けます。三首を通読しても、時間の経過によって悲しみが癒されることはなく、死から一年を経て喪が明け、公務に復帰せねばと自分に言い聞かせても、亡妻への思いは吹っ切ることができないようです。

尾崎紅葉『多情多恨』の冒頭にも、亡くなった妻への思いにくよくよする男の未練が綿々と綴られていますが、哀憐の気持ちがまとわりついて離れない男の心情に変わりはありません。

また清の沈復《しんぷく》(一七六三〜?)『浮生六記《ふせいりっき》』(松枝茂夫訳)には、妻の陳芸《ちんうん》と過ごした二十三年間の暮らしが、潘岳のような感情を直接あらわすことばは抑制しながら、淡々と綴られていますが、そこにも過ぎてしまった幸福な日々を回想するなかに、静かな悲哀の情感がにじんでいます。

では逆に、夫を亡くした妻の思いは、文学のなかにどのように書かれているのでしょうか。もともと女の書き手が中国の古典文学には少ないこともあって、これといった作品が挙げられないのですが、宋の李清照《りせいしょう》(一〇八四〜一一五五ころ)の散文が思い浮かびます。李清照は宋代以後になって詩とならぶほど盛行した「詞《し》」(詩余《しよ》)という韻文の名手としてよく知られています。「詞」は感傷的なまでに抒情性にあふれた文学で、そこはかとない悲しみの感情を美しくうたうものです。李清照は屈指の女性詩人とされ、現代のヨーロッパを代表する文学理論家ジュリア・クリステヴァも李清照の作品を世界の文学に伍する傑作として賞賛しています。

彼女の本領は「詞」にあるのですが、散文にも佳作をのこしています。「金石録後序《きんせきろくこうじょ》」は金石学者であった夫趙明誠《ちょうめいせい》とともに文物の収集に明け暮れた若い日々、しかし女真《じょしん》族の金《きん》の襲来によって北宋の都開封《かいほう》から南へ南へと逃げる途中に、ぼうだいな収集物を次々失っていく過程を記したものです。その途中で、夫は伝染病に罹《かか》ってあっけなく命を落とします。その箇所を興膳宏氏の『中国名文選』(岩波新書)の訳を借りて抜き出せば、以下のとおりです。

夫は道中を懸命に駆けぬけ、猛暑を冒して、病気になり、行在所《あんざいしょ》(建康)に着くと、おこり(熱病)を患ってしまった。七月末に、病に臥せっているという手紙が届いた。私はびっくりして心配した。「夫はせっかちな性分だから、どうしただろう。おこりを病んで高熱が出たら、きっと熱冷《さ》ましの薬をのんで、病がひどくなったのじゃないかしら。」そこで舟の纜《ともづな》を解いて長江を下り、一昼夜に三百里を行った。着いてみると、果たして茈胡《さいこ》・黄芩《こうきん》(いずれも解熱作用のある薬)を大量にのんで、熱病の上に下痢をおこし、手のつけられない状態だった。私は悲嘆の涙にくれ、おろおろして後々のことを問い質《ただ》すに忍びなかった。八月十八日、ついに起てなくなった。筆を取って詩を作ろうとしたが、途中でやめてこと切れた。遺族の死後の始末について指示もないままだった。

突然、病に倒れ死に至ったいきさつが諄諄《じゅんじゅん》と記されています。しかし「金石録後序」全体のなかに置いてみると、夫の死の記述はなんだかあっさりしているような印象を受けてしまいます。

「金石録後序」は全体が喪失の痛切な記録です。二人の生涯の大半をかけて収集した文物、それが避難の途中でなくなったり、盗まれたり、あるいは運搬できずに泣く泣く置き去ったり、そのようにして欠けていった収集物を一つひとつ痛恨の思いで記しています。苦労して集めた物が徐々に失われていく、わが身を引き裂かれるような記述にくらべると、夫を「喪失」した時の書き方はなんともあっさりしている。李清照が夫の死を記した文章には、潘岳が恋々と亡妻に執着したような思いは見られません。それは「悼亡詩」と違って、「金石」を主題とした文章であるためなのでしょうが。

3　小間使いの少女の死を悼む

明の後半期、帰有光《きゆうこう》（一五〇六～一五七一）という散文作家がいました。当時の士大夫の常として科挙の試験を受けますが、落第を続け（八回落ちたと言われます）、やっと合格して官についたのは六十歳の時でした。この人の名が今に伝わるのはリリシズムにあふれた散文をのこしているからです。彼の生きた十六世紀、文壇では擬古派《ぎこは》と称される人々の、文章の範を漢代に取った、いささか堅苦しい主張が一世を風靡していたのですが、帰有光はそうした時流と関わらないところで、日常生活の瑣事を題材にした独特の小品を綴っていました。

彼の身辺にはなぜか早く命を落とした女たちが少なくありませんでした。物心つく前に母を亡くしたのをはじめとして、姉も夭折し、妻の死にも二度遭い、むすめにも死なれています。その不幸が彼をして、まわりの女たちの死を悼む何篇もの散文を書かせることになりました。「先妣事略《せんびじりゃく》」は亡き母の思い出を綴ったもの。「項脊軒志《こうせきけんし》」は項脊軒と名付けた、わずか一丈四方の部屋に住みながら閲《けみ》した一家の過去を振り返ったもの。「余は此《ここ》に居て、喜ぶべきこと多く、亦た悲しむべきこと多し」。子どもの帰有光は祖母付きの召使いから亡き母や姉の思い出を聞かされます。「お母さまはちょうどここに立っておられましたよ」。「わたしに抱かれたお姉様が泣いていると、お母さまは寒くはないの、おなかが空いたのではないのと、尋ねられたのですよ」。こうした昔話を繰り返し語る老婢《ろうひ》も、それを聞く帰有光も、ともに涙にくれたのでした。

老婢の回想を通して語られた肉身の思い出、子どもの時に聞かされたそれを今、帰有光はまた回想しています。二重の回想の向こうに揺曳《ようえい》する母や姉の姿は、甘美でせつない。回想はいつも柔らかなヴェールに包まれるものです。

「寒花葬誌《かんかそうし》」は寒花という名の小間使いの少女の死を悼んだものです。そもそも中国の古典文学のなかには、召使いはなかなか登場しません。六朝時代の旅の詩などを読むと、作者はまるでたった一人で孤独な旅を続けていたかのようですが、実際には少なからぬ供回りがいたはずです。陶淵明の「帰去来の辞」に至って、官を辞して故郷に帰る陶淵明を、家の外まで出迎えに来る下僕が顔をのぞかせます。唐代の杜甫になると、家のなかに水を引き込む筧《かけひ》を下男がこしらえてくれたことを、「信行《しんこう》」という彼の名前まで記して感謝の思いをうたった詩があります(「信行　遠く水筒を修む」詩)。下働きの人たちも、時代とともに文人の詩文のなかに姿をあらわすようになるのですが、帰有光はその死を悼む文章までのこしています。

原文はたったの百十二字、全体を訳してみましょう。

寒花は妻の魏氏《ぎし》が輿入《こしい》れの時に連れて来た下女である。嘉靖《かせい》十六年(一五三七)五月四日に亡くなり、野辺に葬られた。わたしに仕えながら、最後まで務めることができなかった。それも運命であろうか。

寒花がわが家に来た時、年は十歳、わげを二つに結い、濃い緑色のスカートを引きずっていた。

ある寒い日、寒花は火を起こしてクワイを煮て、それをお盆にいっぱい切っているところだった。そこへわたしが外から帰ってきて、摘《つま》もうとすると、彼女はわたしには与えずに持ち去ってしまった。妻はそれを見て吹き出した。

妻はいつも寒花にテーブルの脇で食事を取らせた。飯を食べる時、彼女のまぶたがぴくぴく動く。妻はその様子をわたしに指さして笑ったものだった。

その頃を思い出すと、はや十年の時が過ぎている。ああ、悲しいことだ。

この少女がいくつで亡くなったのか、ここには記されていませんが、最初の妻魏氏との結婚は嘉靖七年(一五二八)と思われますから、その時十歳だった寒花は九年仕えた嘉靖十六年、十九歳で人生を閉じたことになります。

記されたエピソードには、なんら特別のことはありません。ごくささいな、見過ごしてしまいそうな場面を取り上げているだけです。しかし読み返してみると、この短い文のなかに質朴で一途《いちず》な少女、それを温かく見守る妻、今は亡き二人の思い出が帰有光の胸になつかしくこみあげてくるのがわかります。

「わげを二つに結い、濃い緑色のスカートを引きずっていた」という来たばかりの時の寒花は、身に合わない晴れ着をまとった姿が、かわいらしくもおかしかったのではないでしょうか。冷えた体で外から帰ってきた帰有光がクワイに手を出すと、仕事に忠実なあまり、ご主人さまにもつまみ食いはさせじと、さっさと持ち去ってしまう寒花、手を伸ばしたままあっけに取られる帰有光、それを見て笑う妻。

寒花の食事中、原文に「目眶《もくきょう》 冉冉《ぜんぜん》として動く」というのは、かりに「まぶたがぴくぴく動く」と訳してみましたが、どのような仕草かよくつかめません。どんな仕草にせよ、食べるのに夢中になっている、はたから見たら滑稽な姿であるには相違ありません。そうした寒花を笑いながら見る妻のやさしさも、帰有光にとっては失われてしまった幸せの一つです。思い出すとおかしくなるような記憶だけのこして、寒花という名の少女は、その名のように寂しく、人生の華やぎを経験することもないままに短い生を終えたのでした。

ごく少ない字数の文のなかに書き留めた、日常の何気ない場面、それを思い返す作者の心は、悲しみとともに人を思う美しいやさしさに満たされています。

九　不死の希求

方壺図(部分，明，文伯仁，台北故宮博物院蔵)

1　東海の三仙山

死が免れないものであると知る時、人は二つの可能性へと心が向かいます。一つは、死後に平安を得たいという思いです。天国とか極楽浄土とか、現世の苦悩のない、安らかで満たされた世界、光に満ちた世界に生きることを夢想します。宗教の多くはそうした死後の幸福を約束してくれることで人々を惹きつけてきました。

もう一つは、いつまでも死なずに生き続けたいという思いです。中国では仙人になって不老長生を獲得することを求めました。

永遠の生命の希求は、地上の最高権力者、皇帝においてとりわけ強烈でした。この世で欲することは何でもかなえられる皇帝にとって、唯一思うままにならないのは、確実に訪れる死です。死だけは皇帝であっても免れることはできません。秦の始皇帝が永生を求めた話は、よく知られています。

中国の東の海には蓬莱《ほうらい》、方丈《ほうじょう》、瀛洲《えいしゅう》という三つの山があり、そこには仙人が住み、不死の薬があると伝えられていました。しかし近づくと風が船を引き戻して島には近づけない。誰もたどりついた人はいませんでした。始皇帝は斉《せい》の国の徐市《じょふつ》に東海の三神山に行くことを命じました。今の山東省にあたる斉の国は、渤海《ぼっかい》や黄海《こうかい》に面しています。そこでは東の海のかなたの世界について、さまざまな伝承があったことでしょう。徐市は「童男女数千人」を率いて、海に向かいました。しかし数年を経ても不死の薬を手に入れることはできず、費用もかさんだので、譴責《けんせき》を恐れて偽りの報告をします。

——蓬莱の薬は獲得可能ではありますが、いつも巨大な魚に苦しめられ、行き着くことができません。弓の名手を同道して射殺したいものです。

以上は『史記』の「秦始皇本紀《ほんぎ》」に記すところのあらましですが、『史記』のなかには「淮《わい》南《なん》・衡山《こうざん》列伝」にも徐市についての記載がみられます。そこでは徐市は音が似ている徐福《じょふく》と表記されています。「淮南・衡山列伝」は漢の高祖劉邦《りゅうほう》の孫にあたる淮南王劉安《りゅうあん》、衡山王劉賜《りゅうし》、その二人を中心とした伝です。ひそかに武帝に対して謀反を企てる劉安に対して、側近の伍被《ごひ》は思いとどまらせようとして、教訓となりそうな歴史事象を次々と挙げていくのですが、そのなかに始皇帝の非道にまつわって次のような話が語られます。

（始皇帝は）また道士徐福《じょふく》を使者として、東の海上の仙人の島へ不死の薬を求めに行かせましたが、徐福は帰ると、いつわりの報告をして、

『わたくし東の海で大神さまにお目にかかりましたところ、「おまえは西の皇帝の使者であるか？」とお尋ねになり、わたくしが「その通りです」とお答えしますと、「おまえは何をさがし求めておる？」と聞かれ、「延命長寿の仙薬をいただきとうございます」と申しあげますと、大神さまは、「おまえたちの秦王の供物《くもつ》が少ないから、おまえは見ることはできても、手にいれることはできぬ」とおおせられ、それからわたくしを東南のかた蓬《ほう》萊山《らいさん》へおつれくださいました。そこには霊芝《れいし》にかこまれた宮殿楼閣が見られました。仙界の使者がそこにおいでになり、それは銅の色で竜の形をし、体から発する光が天までたちのぼって輝いておりました。そこでわたくしは再拝いたしたあと、お尋ねしました、「何の品を献上いたしますとよろしゅうございましょうか？」と、その海神さまは、「良家の

少年少女たちとさまざまの器械や道具類を献ずれば、望みのものは得られよう」とおっしゃったのです』と言上しました。

秦の始皇帝はたいへん喜んで、少年少女三千人を送り出し、五穀の種子《たね》と器物や道具類をそえて、旅立たせました。〔始皇帝をたくみに欺いた〕徐福は広い平野と沼のある島にたどりつき、そこに居ついて自分が王となり、帰って来なかったのです。そこで人民は悲しみ歎き、反乱に起ち上ろうとするものが十戸のうち六戸にもなりました。

（小川環樹・今鷹真・福島吉彦訳『史記列伝』四、岩波文庫）

徐福の作り話とはいえ、ずいぶん詳しく仙山の様子が語られています。今見られる主な資料は『史記』の記載に限られますが、秦の始皇帝が徐市（徐福）に仙薬を求めさせた話は、おそらくさまざまに彩られて伝えられていたことでしょう。

始皇帝は不死の薬が手に入る前に没してしまいましたが、しかし徐市は日本へ到達したという伝説が伝わっています。徐市が上陸したとされる地は日本のあちこちにのこっていて、その一つである和歌山県新宮市には徐市の像が建てられています。

東海の仙山に不死の薬を求めたのは、秦の始皇帝に限らず、戦国時代の燕《えん》の昭王《しょうおう》、斉の国の王たち、そして漢の武帝も探求に乗り出したことが、『史記』封禅書《ほうぜんしょ》、『漢書』郊祀志《こうしし》などに記されています。海のかなたに仙人の住まう島があると、昔の中国の人々は夢想したのでした。

2　昇仙願望

皇帝ならずとも、人々は不死を求めて仙人になろうと試みました。煉丹術《れんたんじゅつ》がその方法です。しかし硫化水銀を含む丹砂《たんさ》を服用するのは、かえって命を縮めることになりました。道教徒による実践の内容は、三浦國雄氏の好著『不老不死という欲望――中国人の夢と実践』(人文書院)にゆずって、ここでは文学にあらわれた仙界へのあこがれについて一瞥しておきましょう。

西晋から東晋にかけて生きた郭璞《かくはく》(二七六~三二四)には、「遊仙詩」と題する七首の連作詩がありますす。その第三首では仙界が次のようにうたわれています。

翡翠戯蘭苕　翡翠《ひすい》　蘭苕《らんちょう》に戯《たわむ》れ

容色更相鮮
緑蘿結高林
蒙籠蓋一山
中有冥寂士
静嘯撫清絃
放情陵霄外
嚼蕊挹飛泉
赤松臨上遊
駕鴻乗紫煙
左挹浮丘袖
右拍洪崖肩
借問蜉蝣輩
寧知亀鶴年

容色《ようしょく》　更《こも》ごも相《あ》い鮮《あざ》やかなり
緑蘿《りょくら》　高林《こうりん》に結《むす》び
蒙籠《もうろう》として一山《いちざん》を蓋《おお》う
中《なか》に冥寂《めいじゃく》の士《し》有《あ》り
静嘯《せいしょう》して清絃《せいげん》を撫《ぶ》す
情《じょう》を　放《ほしいまま》にして霄外《しょうがい》を陵《こ》え
蕊《はな》を嚼《く》らいて飛泉《ひせん》を挹《く》む
赤松《せきしょう》　上遊《じょうゆう》に臨《のぞ》み
鴻《おおとり》に駕《が》して紫煙《しえん》に乗《の》る
左《ひだり》に浮丘《ふきゅう》の袖《そで》を挹《ひ》き
右《みぎ》に洪崖《こうがい》の肩《かた》を拍《う》つ
借問《しゃもん》す　蜉蝣《ふゆう》の輩《やから》
寧《いず》くんぞ亀鶴《きかく》の年《とし》を知《し》らん

翡翠《かわせみ》が蘭《らん》の花と戯れ、鳥と花が互いに引き立て合う。
緑の蔦葛《つたかずら》が高木にからまり、こんもりと一山《ひとやま》を覆いつくす。
中にはひっそり暮らす一人の人、静かにうたい清らかな弦の音《ね》を奏でる。
心は大空の彼方まで解き放ち、花びらを食らい、ほとばしる泉水を汲《く》む。
仙人赤松子《せきしょうし》が上流から下をうかがい、鴻《おおとり》にまたがり紫煙の中を舞う。
左には親しげに浮丘《ふきゅう》の袖を引き、右には楽しげに洪崖《こうがい》の肩をたたく。
蜉蝣《かげろう》のごとき世俗の輩《やから》に訊《たず》ねよう、君たちに亀や鶴の長寿はわかるまいと。

描かれているのは天界を飛翔したり、不死の生を生きたりといった非日常性よりも、世俗の汚濁を離れた静謐《せいひつ》な暮らしぶりです。郭璞が求めた仙界は、こうした清らかな世界だったようです。

しかし仙界や仙人を描くのはこの第三首のみで、ほかの六首は仙人の資質に乏しい自分は仙界の住人となれるはずもなく、せめて仙人に隣接する隠逸者《いんいつしゃ》として、俗界と隔絶して生きたいという願望がうたわれています。俗物の身で不死を求めた燕の昭王や漢の武帝は、次のように軽蔑されているのです。

燕昭無霊気　燕昭《えんしょう》　霊気《れいき》無《な》く
漢武非仙才　漢武《かんぶ》　仙才《せんさい》に非《あら》ず

燕の昭王に神秘に通じる気質はなく、
漢の武帝は仙人の器ではなかった。（その六）

郭璞の場合は「遊仙詩」と題しながら、仙界に遊ぶよりも、仙を求めて仙になりえない思いが中心になっています。彼の詩に限らず、詩にうたわれる求仙の願いには、しばしば仙界の実在性への疑念がつきまとっています。

たとえば三国時代、曹操の長男でのちに魏の文帝として即位する曹丕《そうひ》に「折楊柳行《せつようりゅうこう》」という楽府があります。山の頂上で二人の「仙僮《せんどう》」に出会い、五色に輝く丸薬をもらい、それを飲むと、体に羽が生じ、軽々と浮き上がって雲に乗って遊覧できます。しかし仙人の彭祖《ほうそ》や老子《ろうし》は行方をくらまし、仙人の代表ともいうべき王子喬《おうしきょう》や赤松子《せきしょうし》は虚辞、空言を垂れるだけ。結局、「聖道」のみが自分の依拠すべきもの、と確認して詩が結ばれます。

このように仙人になることは実現が可能か否か、常に迷いがつきまとうものでしたが、しかし仙界を詠じた詩は唐代の李白や李賀に代表されるように、地上の現実を離れて空想の翼を思うさまはばたかせたもので、日常に縛られがちな中国の詩を豊かにしたものでした。

3 不死の不幸

スウィフト『ガリヴァー旅行記』のなかに、死なない人間がまれに生まれる国の話がありま す。ラグナグという国ですが、そこでは極めて少数ながら、額に斑紋をもった子どもが生まれることがある。その斑紋が不死人間のしるしだというのです。おなじみのリリパット国や大人国をはじめとして、数々の国を訪れてきたガリヴァーではありますが、それには驚嘆し、こう考えます。

いや、人間に必ずつきまとうあの禍から生まれながら解放され、したがって死の絶えざる恐怖が精神にもたらす暗澹たる重圧感を感ずることもなく、心を常に何の屈託もなく自由に遊ばせることのできる、素晴らしい不死人間《ストラルドブラグ》こそ、まさに世界に例のない幸福な人々といわなければならない。

（平井正穂訳、岩波文庫）

死から免れたら、人間につきまとう重苦しさから解放される、不死人間こそ幸福な人間だと、初めは考えます。ところが実際に出会った不死人間のありさまは、実に悲惨なものでした。何百年を生き続けた結果、身体には老醜が刻まれ、身寄りも知り合いもなく、世代どころか時代も違う人々とは会話も交わせない。彼らは死にたくても死ねない、このうえなく不幸な人々だったのです。不死人間の実情を知ったガリヴァーは、ただ単に長生きすることが幸福なのではなく、願わしいのは若さをいつまでも保つことだと悟ります。

そういえば中国の仙人の記述にも、長寿でありながら年齢を感じさせない若さを保っていることが書き込まれています。藐姑射《はこや》という山の仙女は「肌膚《きふ》は氷雪の若《ごと》く、淖約《しゃくやく》たること処子《しょし》の若し」――肌は雪のように透き通り、乙女のようにういういしいと、そのうら若い姿態が記されています（『荘子』逍遥遊《しょうようゆう》篇）。彭祖《ほうそ》といえば長寿の代表のような人ですが、葛洪《かっこう》の『神仙伝』には、「年七百六十歳にして衰老せず」など、「顔色衰えず」とか「童子の如し」とか老いることのない形状がしばしば添えられています。中国の仙人というと、わたしたちは長いひげを伸ばした老人の姿を思い浮かべますが、それは長寿であることを示すものであって、老醜をさらすことはありません。

仙人の最後についてよく記されるのは、嵆康《けいこう》の死後の伝説のなかで記したように（第四章）、「尸解《しかい》」という現象です。魂が肉体を抜け出して生き続ける、これは身体の老化というやっかいな問題を解消して永遠の生命を獲得するための、一種合理的な説明といえるでしょう。『老子』のなかの次の一章も、古くは尸解のことをいうと解釈されたようです。

死《し》して亡《ほろ》びざる者《もの》は寿《じゅ》なり。

死而不亡者寿。

死んでも滅びない人が長寿なのだ。
（『老子』第三十三章）

肉体は死んだとしても、「尸解」すれば別のかたちで生き続けることができる、というのです。

謎めいた箴言《しんげん》がならぶ『老子』は、さまざまに読み解かれてきましたが、金谷治氏は従来の諸説を紹介したあと、たとえ肉体は死んでも「永遠の道」と一体になった人こそ真の長寿者だ、と解釈しています（『死と運命――中国古代の思索』）。

老荘の哲学の本来の思考に立ち返れば、長寿とか永生とかいった現実の時間に縛られるのではなく、時間を超越した生き方を獲得することこそが、真の目的だったはずです。わたしたちがしばられているこの世の時間、それを無化し、時間の拘束のない生を生きる、それが究極の課題だったことでしょう。『老子』の逆説的な言説は、尸解とか永遠の道とかを補うことなく、死は自分が消滅することとする常識から解放された人こそが永遠の生命を生きる、と読みたいと思います。

十　死を恐れる陶淵明

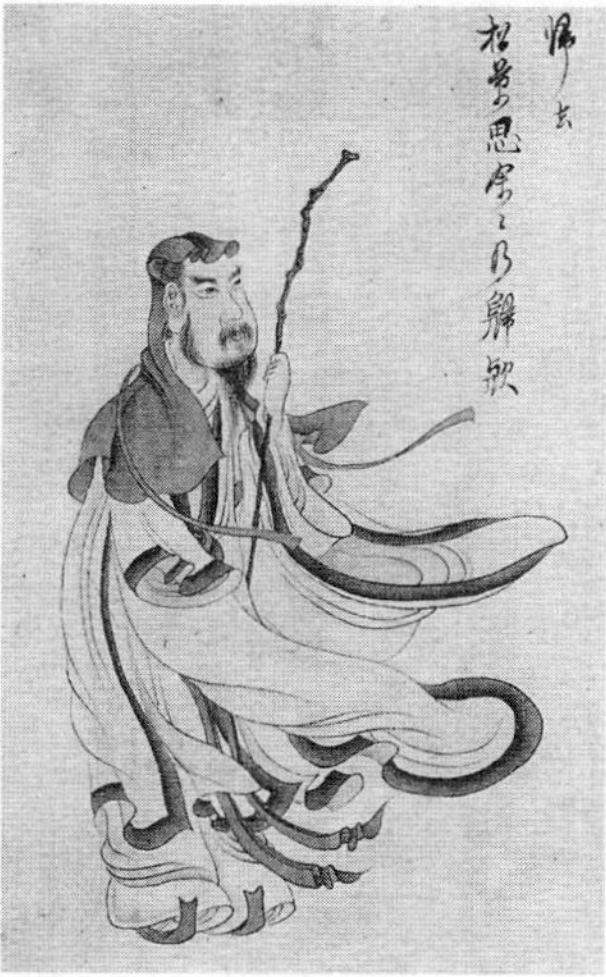

陶淵明図巻(部分，明，陳洪綬，ホノルル美術館蔵)

1 陶淵明の文学と死生観

陶淵明(三六五〜四二七)は南朝の東晋から宋にかけての時期に生きた、特異な詩人です。何が特異かといえば、魏晋南北朝《ぎしんなんぼくちょう》のほかの詩人とまるで異質な環境のなかで、独自の文学を紡いだことです。

当時の文学は皇族をはじめとする、ごく限られた最上層の人々によって営まれたものでした。階層が限定されていたのみならず、場所も南朝の都、建康《けんこう》(今の南京市)を中心とするものでした。高位高官たちは時に地方官として派遣されたり、あるいは左遷されたりすることはあっても、おおむねは都が文学の中心でした。

ところが陶淵明は、生涯の大半を尋陽《じんよう》(江西省九江市)という都からかけ離れた地で過ごし、何回か地方の官職に就いたことはあるものの、そのたびにみずから辞すということを繰り返し、結局は市井の人として生涯を終え、そのなかで孤高の文学を築きあげました。同時代の文壇とかけ離れた所で、他に類のない文学を生み出したという点では、宮沢賢治を想起させるものがあります。陶淵明の文学が魏晋南北朝のなかにあって突出していることは、こうした環境と切り離せません。

当時の文壇に関わることなく、都から遠く離れた地で独自の文学を営々と築いていた陶淵明でしたが、同時代の人たちに知られなかったわけではありません。顔延之《がんえんし》(三八四〜四五六)といえば、謝霊運《しゃれいうん》(三八五〜四三三)とともに、南朝・宋の文学の双璧とみなされていた存在ですが、彼は陶淵明の作品の愛好者で、江州に赴任した際に陶淵明と交わりを結びました(四一五年ころ)。さらにのち、顔延之が始安《しあん》(桂林市)の太守に赴任する際には、尋陽に立ち寄ったこともありました(四二四年ころ)。

陶淵明が亡くなった時に、顔延之はその死を悼む「陶徴士《とうちょうし》の誄《るい》」を書いています。「誄」とは死者を悼む文体の名で、「徴士」とは、徳高く、朝廷に「徴《め》」されたけれども赴こうとしない清廉《せいれん》の人という意味で、無官の人に対する敬称です。顔延之は陶淵明に対して「靖節《せいせつ》徴士」という諡《おくりな》を捧げています。清らかな節義の隠士といった意味です。

陶淵明の死から百年ほどのちの、梁の昭明太子蕭統《しょうめいたいししょうとう》(五〇一〜五三一)、彼は『文選《もんぜん》』の編者として知られ、また自身も二十巻の文集をのこすほどの書き手でしたが、やはり陶淵明の愛読者であり、みずから陶淵明の文集を編纂したり(その文集は失われましたが、「陶淵明集序」がのこっています)、彼の伝記(「陶淵明伝」)を書いたりしています。

顔延之や昭明太子など、当時の文学界の中心にいた人たちが、どのようにして陶淵明の作品を知ったのか、よくわかりません。こうした名だたる人のほかにも、陶淵明は意外に多くの愛読者をもっていたのではないかと推測されます。

しかしその文学が時代を突出していたせいか、昭明太子が編んだ『文選』には陶淵明の作品は八篇しか収められていません。同時代の謝霊運が三十一篇、顔延之が二十一篇であるのと比べればずいぶん少ない。これはたとえ昭明太子が個人的に愛読していたにしても、文学の規範を提示しようとした『文選』には陶淵明の作品は採りにくい性質のものだったからでしょう。

そしてまた、陶淵明の愛読者だった顔延之と昭明太子、彼ら自身の文学のなかに陶淵明の影は見られません。陶淵明の文学が浸透するのは、唐代、さらには宋代に入ってからのことです。時代を超えた文学が受け入れられるには時間がかかるものです。

陶淵明の文学はさまざまな点でそれまでにはない、そしてずっとあとになって広く文学のなかに浸透していく特質を備えていますが、中心となるのは二つ、「出仕《しゅっし》と隠棲《いんせい》」の問題、それと「生と死」の問題です。ここでは生と死について、陶淵明がどのような言説をのこしていくか、見ていきましょう。

2　生は空無

宇宙《うちゅう》一《いつ》に何《なん》ぞ悠《ゆう》なる、人《ひと》の生《せい》は百《ひゃく》に至《いた》ること少《すく》なし。

宇宙一何悠、人生少至百。

宇宙はなんと遥かなことか。人は百歳まで生きるのはまれ。

（「飲酒」二十首　その十五）

「宇宙」は今日の天文学が示す概念と同じではありませんが、天地というよりもっと広く、目に見えぬ先まで含めて抽象的に捉えられた世界の全体です。宇宙はなんと「悠」なることか。

「悠」は空間的に広く遠い拡がりをいうだけでなく、時間上の遥かな拡がりでもあります。その宇宙と人間とを対比する。人はせいぜい生きても百年。「少」というのは、めったにないという否定的な意味が強いことばです。わたしたちも星空の広がりを見て、自分の卑小さを覚えることがありますが、陶淵明も宇宙の永遠にくらべてわが命の短さに感慨を覚えています。

人《ひと》の生《せい》は幻化《げんか》に似《に》る、終《つい》に当《まさ》に空無《くうむ》に帰《き》すべし。

人生似幻化、終当帰空無。

人の生は変化《へんげ》のごときもの。最後には無に帰してしまう。

（「園田《えんでん》の居に帰る」五首　その四）

「幻化」とはむずかしいことばですが、実体はなく、常に変化してしばしも留《とど》まっていることのない状態をいうのでしょう。『列子』天瑞《てんずい》篇に老子の教えとして説かれているのを見ると、現象はすべて固定したものではなく、変化して止《や》まぬもの、「幻化」である、と言っています。

仏教でも使われる語ですが、陶淵明の言うのは老荘思想に由来するものです。人の生は無に帰するまでの、まぼろしにすぎない。

そのほかにも、「人の生には根蔕《こんたい》無し、飄《ただよ》うこと陌上《はくじょう》の塵《ちり》の如し」――人の生に基盤はない、大通りに舞う塵のように風に漂《ただよ》う（「雑詩」その一）と、生の空しさをうたったり、「古《いにしえよ》自り皆な没する有り、何人か霊長を得ん」――昔から人はのこらず死んでしまう、誰が万物の霊長となりえよう（「山海経《せんがいきょう》を読む」）と、人にとって死は必然であることを確認したり、あるいはまた「死し去らば何の知る所ぞ、心に称《かな》うを固《もと》より好《よ》しと為《な》す」――死んでしまえば何にもわからない、満足する生き方をするのがいいのだ（「飲酒」その十一）と、生きている間を楽しもうと言ったり、生のはかなさ、むなしさを、陶淵明は繰り返し詠嘆しています。

3　死の恐れ

生のはかなさを嘆くことばは、これまでもみてきましたが、陶淵明に際立っているのは、自分が死ぬことの恐れを繰り返し口にしていることです。自分という存在がこの世から消えてしまう、それを思うといたたまれなくなる、そんな恐れを陶淵明はたびたび率直に口にしています。

身没《みぼっ》すれば名《な》も亦《ま》た尽《つ》く、之《これ》を念《おも》えば五情熱《ごじょうねっ》す。

身没名亦尽、念之五情熱。

肉体が死ねば名前も消える。それを思うと胸のなかが熱くなる。

（「形影神」「影　形に答う」）

このことばが見える「形影神《けいえいしん》」と題された詩は、奇妙な構成を呈しています。自分という一人の人間を「形」（身体）、その身体につきまとう「影」、そして「神」（精神、魂、目に見えない思考の働き）、その三者にわけて擬人化し、形、影、神の三人が繰り広げる問答を通して、生きること、死ぬことの意味を問いかけたものです。

架空の三者を立てて、彼らの間の問答を記すという形式は、漢代の賦《ふ》に見られたものでした。

たとえば漢代の賦の代表的な作者であった司馬相如《しばしょうじょ》の「子虚《しきょ》の賦」は、「烏有《うゆう》先生」「子虚」「亡是公《ぼうぜこう》」の三人が雲夢《うんぼう》の沢《たく》や上林園がいかに広大であるか、それぞれに自慢を繰り広げた作です。「烏有先生」とは「烏《いず》くんぞ有らん」、つまり存在しない先生、「子虚」は空虚な人、実体のない人、「亡是公」は「是れ亡《な》し」、存在しない人、といったように、三人とも架空の人物であることが名前によって明示されています。

『史記』や『漢書』では、この賦を引いて皇帝は豪壮な庭園の造営にうつつを抜かしてはならぬという戒めの意図を含んだものだと言いますが、それはたてまえ、作品の主眼はスケールの大きさを競い合うところにあります。つまりはいかに豪壮であるかを、ことばを過剰なまでに繰り広げて競い合うといった、遊戯的な作品です。

ちなみに中江兆民の「三酔人経綸問答《さんすいじんけいりんもんどう》」はやはり架空の三人が互いに相手を言い負かそうとするかたちをとるもので、明らかに漢代の賦のパロディです。ただ、議論するのが「経綸《けいりん》」、国家運営の問題ですから、「子虚の賦」より内容は重くなりますが、書き方はやはり戯作をなぞっています。

さて陶淵明の「形影神」に戻れば、まず「形」が登場して、自然の万物は、ある物は不変不動であったり、ある物は盛衰を繰り返したりしながらも、みな永遠に存在し続ける。なのに人間だけがそうではないということを、次のように語ります。

人《ひと》は最《もっと》も霊智《れいち》なりと謂《い》うも、独《ひと》り復《ま》た茲《か》くの如《ごと》からず。
適《たま》たま見《あら》われて世《よ》の中《なか》に在《あ》るも、奄《たちま》ち去《さ》りて帰期《きき》無《な》し。

謂人最霊智、独復不如茲。
適見在世中、奄去無帰期。

人は万物の霊長と言われるけれども、人だけが唯一不変ではありえない。
たまたま世の中に生まれただけで、たちまち去って帰ってくることはない。

(「形影神」「形　影に贈る」)

――この世から一人消えても、気付く人もいないだろう。親しい人だって自分のことを忘れてしまうかもしれない。ただ日頃使っていた物がのこるだけ。それを思うと心は痛む。仙人になるすべはありはしないから、生の空しさを忘れるためには酒を飲むしかないではないか。

これに対して「影」が答えます。

――わたしはいつもあなたに寄り添って生きてきた。喜びも悲しみもわけ合ってきた。木陰に入ってしばし別れる時はあっても、日なたに出ればまた一緒。しかしいつまでも、ともにいるというわけにはいかない。やがてあなたと一緒に滅びる時が来る。

そして冒頭に挙げた二句、「身没すれば名も亦た尽く、之を念えば五情熱す」が続きます。自分という存在も自分の名前も、いっさいが消滅してしまう、そのことを思うと、あらゆる情念が熱くなるほど、いたたまれない気持ちになる。自分の消滅への恐れが生々しい肉感をもって迫ってきます。

自分は死んでも名前をのこしたい、名前がのこることで自分はこの世に存在し続ける、という考え方は、中国では「名を竹帛《ちくはく》(竹の札《ふだ》や白絹など、紙ができる前に文字を書き記した物)に垂《た》る」ということばであらわされるように普遍なものですが、しかし陶淵明は死後に名をのこすことにも否定的です。

「影」はこう語ったあと、なんとか自分の生を意味あるものにしようと、「善を立つ」ことを提起します。立派な行為をのこしておけば、後世の人々からも慕われるだろう。そうすれば自分は人々の記憶のなかに生き続けることができる。それは「形」が酒を飲んで憂いを消すなどと言ったことよりずっとましではないか。善行をのこすことによって自分という存在を死後にもこの世に刻印しておきたい、と。

「影」が語り終えると、最後に「神」(精神)が結論を下します。

――わたし「神」は「形」「影」と離れることなく、ここまで常に一緒に生きてきた。しかし人間は誰でも死ぬ。古代の聖王も死んだ。長寿で名高い彭祖《ほうそ》も死んだ。老人も若者も、賢者も愚者も、誰もがひとしく死に至る。「形」が言うように日々酒を飲んで忘れようとしても、酒は命を削るものでしかない。「影」が言うように善行を立てたところで、いったい誰がそれを誉めてくれよう。

そして「神」は次のような結論を述べて、この詩を結びます。

甚《はなは》だ念《おも》えば吾《わ》が生《せい》を傷《そこ》なわん、正《まさ》に宜《よろ》しく運《うん》に委《ゆだ》ね去《さ》るべし。

大化《たいか》の中《なか》に縦浪《しょうろう》し、喜《よろこ》ばず亦《ま》た懼《おそ》れず。
応《まさ》に尽《つ》くべくんば便《すなわ》ち須《すべから》く尽《つ》くべし、復《ま》た独《ひと》り多《おお》く慮《おもんぱか》ること無《な》かれ。

甚念傷吾生、正宜委運去。
縦浪大化中、不喜亦不懼。
応尽便須尽、無復独多慮。

考えすぎると自分の生を損なうことになる。成り行きに任せることこそ好ましい。
人生の展開に漂うままに、喜びもせず恐れもしない。
命が尽きる時には尽きればよい。もう一人であれこれ悩まないことにしよう。

（「形影神」「神の釈」）

「神」が勧める生き方は「委運《いうん》」ということばに行き着きます。「正に宜しく運に委ね去るべし」。ものごとのなりゆき、それにそのまま身を委ねる、これが「委運」です。「大化」、世界全体の大いなる移りゆき、それに身を委ねれば、喜ぶことも恐れることもない。生きる時には生き、死ぬ時には死ぬ。それ以上にあれこれ苦慮することはやめよう。

陶淵明が生と死を語る時にはいつも結局、「委運」の二字に行き着きます。とはいえ、彼の思考の時系列のなかで最終的に「委運」に到達したかどうか、それはわかりません。おそらく死を考えるたびに「委運」という結論に達してはまた元に戻るという、堂々巡りを繰り返していたのではないかと思います。彼は何度も死の恐れを語っているからです。陶淵明のことばを勝手に整理して、彼は死の恐れを解決したとするよりも、常に惑い、迷っていたと捉えたほうが、わたしたちには近しいものに感じられます。

死を恐れることばをさらに挙げれば、

古《いにしえ》従《よ》り皆《み》な没《ぼっ》する有《あ》り、之《これ》を念《おも》えば中心《ちゅうしん》焦《こ》がる。

従古皆有没、念之中心焦。

昔から死なない人はいない。それを思うと心のなかが焼けつきそうだ。

（己酉《きゆう》の歳の九月九日）

先に見た「五情熱す」、ここに言う「中心焦がる」、いずれも死を思うといたたまれない気持ちになって、胸中に肉感的な反応を引き起こすことを生々しくうたっています。

開歳《かいさい》　倏《たちま》ち五十《ごじゅう》、吾《わ》が生《せい》　行《ゆ》くゆく帰休《ききゅう》せん。
之《これ》を念《おも》えば中懐《ちゅうかい》動《うご》く、辰《とき》に及《およ》んで茲《こ》の遊《ゆう》を為《な》さん。

開歳倏五十、吾生行帰休。
念之動中懐、及辰為茲遊。

年が明ければたちまち五十歳。わたしの生もそのうち終わりになる。
それを思うと胸の中がじっとしていない。時期を逃さずこの行楽に出かけよう。

（「斜川に遊ぶ」）

斜川《しゃせん》という故郷の行楽地に遊んだ時の詩です。陶淵明の心から自分の死が離れることはない。

五十という年を迎えるにあたって、今のうちに遊んでおこう、といった思いでしょう。この詩はうららかな天気のもと、水辺で友人たちと酒杯を酌み交わす喜びをうたったあと、次の二句で結ばれます。

且《しばら》く今朝《こんちょう》の楽《たの》しみを極《きわ》めん、
明日《みょうにち》は求《もと》むる所《ところ》に非《あら》ず。

且極今朝楽、
明日非所求。

まずは今日をとことん楽しむことにしよう。
明日がどうなろうと煩《わずら》うことはやめて。

（「斜川に遊ぶ」）

十一　死を戯画化する陶淵明

河北賛皇県李希宗夫婦墓出土酒具（東魏，正定県文物保管所蔵）

1　自分の挽歌

自分の死を人並み以上に恐れた陶淵明は、自分の死んだ場面を思い描いた詩や文をのこしています。これは、はなはだ特異な想像力の産物です。少なくとも中国において、ほかに同様な作品があるのを知りません。

そもそも中国では、ことにあとの時代になるといっそうそうなのですが、自分の死について触れるなどというのは縁起が悪いとして避けられるものです。不吉なことを詩に書いたりするのは「詩讖《ししん》」(詩の予言)と称し、みずから凶兆を作り出すことと考えられました。にもかかわらず、陶淵明がそんな作品をのこしているのは、いかに彼が自分の死に強い関心を抱き続けたかを示すものでしょう。死について書いていることを理由に、ふつうは死の直前に書かれたものとされていますが、おそらくそうではなく、まだ死が現実として迫ってきていない時期の作と、わたしは思います。

陶淵明がたびたび吐露《とろ》する死への恐れ、それが契機になって作られた作品であるには違いありませんが、しかし死の恐怖に触れることはなく、自分の死がユーモラスに描かれています。自分の死さえ手玉にとって文学作品に仕立て上げる、それこそ表現者としての陶淵明の強靭さを示すものでしょう。

自分の死を想像した作の一つは「挽歌《ばんか》に擬《ぎ》する詩」三首です。「挽歌」というのはその一例として先に「薤露《かいろ》」を引きましたが(第三章)、葬送の野辺送りの際にうたわれたとされる詩です。陶淵明の「挽歌に擬する詩」はそれに模擬した詩です。

三首は時系列に従って並べられ、第一首はまず自分が死んで遺体が部屋に横たえられた場面を想像して描きます。

其の一

有生必有死　　生《せい》有《あ》れば必《かなら》ず死《し》有《あ》り
早終非命促　　早《はや》く終《お》うるも命《めい》の促《みじか》きに非《あら》ず
昨暮同為人　　昨暮《さくぼ》は同《とも》に人為《ひとた》るも

今旦在鬼録
魂気散何之
枯形寄空木
嬌児索父啼
良友撫我哭
得失不復知
是非安能覚
千秋万歳後
誰知栄与辱
但恨在世時
飲酒不得足

今旦《こんたん》は鬼録《きろく》に在《あ》り
魂気《こんき》 散《さん》じて何《いず》こにか之《ゆ》く
枯形《こけい》 空木《くうぼく》に寄《よ》す
嬌児《きょうじ》 父《ちち》を索《もと》めて啼《な》き
良友《りょうゆう》 我《われ》を撫《ぶ》して哭《こく》す
得失《とくしつ》 復《ま》た知《し》らず
是非《ぜひ》 安《いず》くんぞ能《よ》く覚《さと》らん
千秋万歳《せんしゅうばんさい》の後《のち》
誰《たれ》か栄《えい》と辱《じょく》とを知《し》らん
但《た》だ恨《うら》む 世《よ》に在《あ》りし時《とき》
酒《さけ》を飲《の》みて足《た》るを得《え》ざりしを

挽歌になぞらえる その一

生まれた者は必ず死ぬ。だから早死にとて寿命が短いとはいえない。

昨晩はみなと生きていたのに、今朝になれば過去帳の人。

魂は体を離れてどこへ行くのか。生気の失せた身体が空《から》の棺桶に入れられる。

幼い子は父を求めて泣き、友だちはわたしをさすって慟哭する。

よい人生だったかどうかわかりはしない。まして正しい人生だったかどうか知るすべはない。

千年万年の後になれば、栄誉も汚辱も知る人はいない。

ただ心残りなのは生きていた時、酒をしこたま飲めなかったこと。


人は誰でも死に帰着するのだから、夭折も長寿も相対的なもの、死に至るのは同じことだと、「殀寿《ようじゅ》弐《に》ならず」(第六章)に通じることばでうたいおこされます。泣き悲しむ親族友人の前に遺体として横たわっている自分は、淡々と死を受け入れています。あれほど恐がっていたのに、死んでみれば恐れることも嘆くこともない。生きていた時に自分が囚われていた悩みは、死んでしまえば何の意味もない。

それにしても生前にもっと酒を飲んでおけばよかった。それだけが悔いをのこす。人生における価値は死後は無意味。「得失」(成功と失敗)、「是非」(正しいか正しくないか)、そうしたものを無化して、酒を飲むことだけを生きている間にすべき行為として、常人の価値観をひっくり返してしまいます。生死という重大な問題を飲酒に帰結させる価値観の転倒、ここに陶淵明らしい諧謔《かいぎゃく》がこめられています。

其の二

在昔無酒飲　在昔《むかし》　酒《さけ》の飲《の》むべき無《な》く
今但湛空觴　今《いま》　但《た》だ空觴《くうしょう》に湛《たた》う
春醪生浮蟻　春醪《しゅんろう》　浮蟻《ふぎ》生《しょう》じ
何時更能嘗　何《いず》れの時《とき》か更《さら》に能《よ》く嘗《な》めん
殽案盈我前　殽案《こうあん》　我《わ》が前《まえ》に盈《み》ち
親旧哭我傍　親旧《しんきゅう》　我《わ》が傍《かたわ》らに哭《こく》す
欲語口無音　語《かた》らんと欲《ほっ》するも口《くち》に音《おと》無《な》く
欲視眼無光　視《み》んと欲《ほっ》するも眼《め》に光《ひかり》無《な》し

昔在高堂寝
今宿荒草郷
荒草無人眠
極視正茫茫
一朝出門去
帰来良未央

昔《むかし》は高堂《こうどう》の寝《しん》に在《あ》るも
今《いま》は荒草《こうそう》の郷《きょう》に宿《やど》る
荒草《こうそう》人《ひと》の眠《ねむ》る無《な》く
極視《きょくし》すれば正《まさ》に茫茫《ぼうぼう》たり
一朝《いっちょう》門《もん》を出《い》でて去《さ》れば
帰《かえ》り来《き》たること良《まこと》に未《いま》だ央《や》まず

その二

昔は飲めなかった酒が、今は手にする人のない杯に満ちあふれる。できたての濁り酒に粟粒《あわつぶ》が浮かんでいるというのに、もはやそれを嘗《な》めることもかなわない。

ご馳走を盛ったお膳がわたしの前に所狭しと並べられ、親戚も旧友もわたしの傍らで泣きくずれる。

語りかけようにも口から声がでない。この目で見ようにも目に光はない。

以前は広間で寝ていたのが、今は草むした里に宿る身。荒れ果てた草むらには他に眠る人もなく、目の届く限り荒野が茫茫と広がる。ひとたび門を出て行けば、とわに戻って来る時はない。

「その二」の終わりのことばを繰り返して、眼前の酒にこだわります。なみなみと酒をそそがれた酒杯があるというに、それは死者に供えられた酒、死んでしまった自分には飲めはしないという皮肉。春になって醸《かも》されたばかりの酒には、蟻のように小さな粟粒が浮かぶ。陶淵明は舌なめずりしても手には取れません。やがて野辺に送られ、寂しい墓地に葬られます。

其の三

荒草何茫茫　荒草《こうそう》　何《なん》ぞ茫茫《ぼうぼう》たる
白楊亦蕭蕭　白楊《はくよう》　亦《ま》た蕭蕭《しょうしょう》たり
厳霜九月中　厳霜《げんそう》　九月《くがつ》の中《うち》
送我出遠郊　我《われ》を送《おく》りて遠郊《えんこう》に出《い》ず

四面無人居
高墳正嶕嶢
馬為仰天鳴
風為自蕭条
幽室一已閉
千年不復朝
千年不復朝
賢達無奈何
向来相送人
各已帰其家
親戚或余悲
佗人亦已歌
死去何所道
託体同山阿

四面《しめん》　人居《じんきょ》無《な》く
高墳《こうふん》　正《まさ》に嶕嶢《しょうぎょう》たり
馬《うま》は為《ため》に天《てん》を仰《あお》いで鳴《な》き
風《かぜ》は為《ため》に自《おのずか》ら蕭条《しょうじょう》たり
幽室《ゆうしつ》　一《ひと》たび已《すで》に閉《と》ずれば
千年《せんねん》　復《ま》た朝《あした》ならず
千年《せんねん》　復《ま》た朝《あした》ならざるは
賢達《けんたつ》も奈何《いかん》ともする無《な》し
向来《さきごろ》　相《あ》い送《おく》りし人《ひと》
各《おの》おの已《すで》に其《そ》の家《いえ》に帰《かえ》る
親戚《しんせき》　或《ある》いは悲《かな》しみを余《あま》すも
佗人《たにん》　亦《ま》た已《すで》に歌《うた》う
死《し》し去《さ》るは何《なん》の道《い》う所《ところ》ぞ
体《み》を託《たく》して山阿《さんあ》に同《おな》じきのみ

その三

枯れ果てた草が果てなく広がる。墓地の白楊《はくよう》も寂しく風に鳴る。
霜の冷たい九月、わたしの棺は遠い野辺まで運ばれる。
四方には人家の一つもなく、土まんじゅうが高々と聳《そび》える。
馬もわたしを偲び、天に向かって嘶《いなな》く。風もわたしを悼み、悲しげに吹き寄せる。
暗い墓穴がひとたび閉じられたら、千年たとうと二度と朝は来ない。
千年たとうと二度と朝は来ないのは、賢者達人にもどうもしようがない。
ついさきほど野辺《のべ》送りしてくれた人たちも、もうそれぞれの家へ帰って行った。
親族には悲しみの尽きせぬ者もいるが、他人ははや鼻歌を口ずさんでいる。
死んでしまうのは言い立てるほどのことか。むくろが山の土となるにまかせるだけ。

墓地に送られ、そして葬られる。そのあとは無明長夜《むみょうじょうや》が果てなく続くばかりです。墓穴のなかには、もはや時間の流れもありません。永遠の闇に閉ざされてしまいます。しかし葬送に参列した人たちは、親族はともかく、血のつながらない人の中にはもう人の死のことは忘れて歌をうたっている者もいる。当人にとってはこれ以上に深刻な問題はない死ではあっても、他人にとっては生活のなかの一つのささいな出来事でしかない。人々の営みは死者を忘れて平常に戻り、また暮らしが坦々と続けられていく。忘れられた死者は肉体も消滅して土に帰って行く。

自分の死を納棺、葬儀、野辺送り、埋葬と順を追ってうたうこの三首の連作詩、ここには死の恐れも死の諦観《ていかん》もありません。死を人の現実として淡々と見ている冷静な視線があるばかりです（詳しくは川合『中国の自伝文学』を参照してください）。

2　自分の祭文

中国には「祭文《さいぶん》」という亡くなった人を悼む文体があります。日本の弔辞にあたるものです。それを模擬して陶淵明は自分の死を悼む「自《みずか》ら祭る文」を作っています。もともと亡くなった人を哀悼する文なのですから、自分が自分を哀悼する「自ら祭る文」とはことばの矛盾のようなものです。「挽歌に擬する詩」に加えて、自分の「祭文」まで自分で書いていることから、彼がいかに強く自分の死を気にしていたかがわかります。これは訳文だけ挙げてみましょう。

年は丁卯《ひのとのう》、月は九月、天は寒く夜は長く、風の気配も物寂しい。雁は南へ旅立ち、草木は枯れ落ちる。陶子《とうし》(陶淵明)は仮りの宿を去って、本来の住まいへ永遠に帰る。親しい人たちは悲しみに暮れ、今宵こぞって旅立ちを見送る。野菜の皿を捧げ、御神酒《おみき》を供える。人の顔を見ようにもさだかに見えず、声を聞こうにも遠ざかるばかり。ああ、なんという悲しさ。

広々と続く大地、果てなく高い大空。そこに万物が生まれ、わたしは人として生をうけた。人として生まれてから、巡り合わせたのは貧窮の運命。米櫃《こめびつ》・湯飲みはいつも空《から》、冬にも目の粗い夏服しかない。しかし歓びを胸にして谷川の水を汲み、歌を口ずさみながら薪《たきぎ》を背負った。薄暗い柴《しば》の戸こそ、わたしが朝夕を過ごした場。

春から秋へと季節は代わり、菜園の仕事に勤《いそ》しんだ。草を刈り土を寄せれば、作物は生《お》い育つ。歓びは書物を読むこと、和《なご》むのは七絃の琴《きん》。冬の日は日だまりにぬくもり、夏の日は冷たい泉で水を浴びる。仕事に励んでほかの心労はなく、心はいつものびやか。天命を楽しみ、与えられた分《ぶん》に安んじ、そうして一生を生ききった。

この一生を、人は愛惜する。人生の不首尾を恐れて、時間を惜しんであくせく生きる。生前は世間にもてはやされることを求め、死後も慕われたがる。ああ、わたしは自分の道を歩み、そうした生き方に同《どう》じなかった。世間の栄光も栄光とは思わず、世俗に黒く染められもしなかった。陋屋《ろうおく》に精神を高く掲げ、酒を汲《く》み詩を作った。

運命を知り天命を知ったところで、生の執着が消えるものではない。だがわたしは今、物と化《か》し、この世に思いのこすことはない。寿命は十分に長く、身は隠逸《いんいつ》に憧れてきた。老いゆくにまかせて最後を迎えれば、また何を恋着することがあろう。

寒暑は次々移り行き、死者はもはや生者とは違う。親戚が朝からやってきたり、友人が日暮れまで駆け回ったり、そうして野辺に送り、魂を安らげてくれる。わたしの行く道は暗く、墓の入り口は寂しい。かの宋の桓魋《かんたい》が三年かけて巨大な石棺を作った派手な葬式は恥ずかしいことだ。一方で裸で葬ることを命じた漢の楊王孫《ようおうそん》の過度な質素も可笑《おか》しい。

空しく身は滅びる。悲しくも遠い存在になる。土も盛らず木も植えず、死後の時間が過ぎて行く。生前の名誉を求めず、死後の賛歌もいらない。生はなんとむずかしいことか。

死はどうしたらよいのか。ああ、なんという悲しさ。

全体を七つの段落にわけて訳出しましたが、原文は四字句を基本とし、一段ごとに一つの韻を踏んでいます。そして二か所に「嗚呼《ああ》　哀《かな》しい哉《かな》」(ああ、なんという悲しさ)という句が置かれています。四字の句を敷き詰め、段落ごとに押韻《おういん》すること、「嗚呼　哀しい哉」という感嘆の句をいくつか置くことが、「祭文」という文体のきまりです。「自ら祭る文」でも一般の「祭文」の形式を律儀に守って書かれています。

「挽歌に擬する詩」と違って、「自ら祭る文」にはユーモアは含まれていません。自分の死を悲しむ暗い情感に塗り込められています。

そのなかで陶淵明は自分の生涯を振り返り、世間の価値観とは異なる生き方をしてきたことを語ります。富や名誉を求めてあがき、心の平安を知らずに常に汲々としている人々、自分はそんな生き方はしなかった。貧しくはあっても貧しい暮らしを楽しんできた。「歓びを含みて谷に汲み、行くゆく歌いて薪を負う」、水汲みや薪を運ぶ労働にも心を弾ませたと言います。「冬には其の日に曝《さら》し、夏には其の泉に濯《あら》う」、寒い冬の時節にはひなたぼっこのぬくもりに包まれ、暑い夏の日には冷たい泉水で水浴びをする。お金はなくても日だまりや泉の水は享受できる。これを読むだけでも心地よい感覚が体感できるかのようです。貧しいなかにも、いや、貧しいからこそ、生きていることの原初的な快感を味わうことができる、陶淵明はそう言いたいかのようです。

こんな生き方を陶淵明は次のようにまとめています。

天《てん》を楽《たの》しみ分《ぶん》に委《ゆだ》ね、以《もっ》て百年《ひゃくねん》に至《いた》る。

楽天委分、以至百年。

天命を楽しみ分に任せ、そうして百年になった。

（「自ら祭る文」）

自分からは何も求めない。天が与えてくれた条件、自分に授けられた持ち前、それをそのまま受け止めて生きる。「百年」というのは、人間が生きることのできる上限とされた年です。

実際には陶淵明は七十六歳で亡くなっていますが、「百年」というのは要するに天寿を全うしたということでしょう。

人は身の程をわきまえずに欲望を抱く、そのためにあらがいが生まれ、苦しみがまといつく。自然にまかせてしまえば心は平穏そのもの、何の悩みもないはず——とはいえ、それは「かく生きたい」という願いであって、彼がそんな生き方を実現できたかどうかは別の問題です。

世間とは違う道を歩んできたことを自負し、何も特別なことはない日々の暮らしのなかに生きる歓びを見つけ、そうした生き方をして寿命をまっとうできたという陶淵明は、自分の人生に満足した思いを綴っているかのようですが、しかし死への恐れから脱却しているわけではありません。暗く寂しい墓穴のなかに入っていき、これから自分を待ち受ける死後の世界、そこには寂しさと不安しかありません。

最後の段落では、再び生も死も解決しえない嘆きで結ばれます。

人《ひと》の生《せい》は実《じつ》に難《かた》し、死《し》は之《これ》を如何《いかん》せん、嗚呼《ああ》哀《かな》しい哉《かな》。

人生実難、死如之何、嗚呼哀哉。
人が生きることは実にむずかしい。死にはどう対処したらよいのか。
ああ、何たる悲しさ。
（「自ら祭る文」）

「人の生は実に難し」という四字は、『春秋左氏伝《しゅんじゅうさしでん》』に見えることばです。その成公二年（紀元前五八九）に、「人の生は実に難し、其れ死を獲《え》ざる有りや（死なずに済むことがあろうか）」とあります。

「自ら祭る文」の冒頭は、「歳は惟《こ》れ丁卯」と書き出されています。陶淵明の生きていた時期に近い「丁卯《ひのとのう》」の年はといえば、南朝宋の文帝の元嘉四年、西暦では四二七年にあたります。これは先に記した顔延之の「陶徴士の誄」に「元嘉四年に卒す」とあるのに合わせて、後年書き換えられたものでしょう。「祭文」だからと死んだ年を書き込んだわけです。「挽歌に擬する詩」と同じく、陶淵明が死没した直前の作とは限りません。死の季節を「九月」、晩秋に設定しているのも、寂しく死んで行くのにいかにもふさわしい時だからでしょう。

3　いかに生きるか

「自ら祭る文」のなかでは「天を楽しみ分《ぶん》に委《ゆだ》ぬ」と言い、「形影神」の詩のなかでも「神」のことばとして「正《まさ》に宜《よろ》しく運に委ねて去るべし」と語っていました。「委運」という生き方です。のちに唐の白居易が愛用する「委順」ということばも同じ意味で、自然のままに従って生きることです。「委運」「委順」という生き方こそ、いかに生きるかに考えあぐねた陶淵明が到達した一つの境地といえます。

「帰去来《ききょらい》の辞《じ》」も結局はそれに収束する言辞を綴っています。

「帰去来の辞」は陶淵明の最後の仕官となる彭沢《ほうたく》県の令(長官)を辞して家に帰った時の作、東晋の義熙《ぎき》元年(四〇五)、五十四歳の時の作とされています。「帰りなんいざ、田園将《まさ》に蕪《あ》れなんとす胡《なん》ぞ帰らざる」という有名なフレーズで始まり、郷里へ向かう道程が記されます。到着すると僮僕《どうぼく》が迎えに出て、幼い子どもは門口で父を待っています。部屋に入ってまず酒を汲み、庭を眺めて顔をほころばせます。そして家での日常生活へと入ってゆきます。親戚と世間話に興じたり、琴《きん》や書物を楽しむ。農民が時期を知らせてくれるのに応じて、農作業を始める。馬車を走らせたり、舟を漕いだりして、近辺を出歩く。そうして次の句が続きます。

木《き》は欣欣《きんきん》として以《もっ》て栄《さか》うるに向《む》かい、
泉《いずみ》は涓涓《けんけん》として始《はじ》めて流《なが》る。
万物《ばんぶつ》の時《とき》を得《え》たるを善《よ》みし、
吾《わ》が生《せい》の行《ゆ》くゆく休《や》むに感《かん》ず。

木欣欣以向栄、
泉涓涓而始流。
善万物之得時、
感吾生之行休。

木々は嬉しそうに緑を鮮やかにしてゆき、
泉水はさらさらと流れ始める。

万物が時宜を得たのを歓び、
わたしの生がやがて終わることに万感が生じる。

（「帰去来の辞」）

新緑が日に日に輝きを増してゆくのは、まるで木々たち自身が喜んでいるかのようです。清冽な水も陽光を浴びてきらめきながら流れています。自然のすべてが成長の時にあたって生の歓喜にあふれています。そうした周囲の物のなかで、自分の命は終息へと向かってゆく、この一句は命の歓びに声を上げている万物と、一見、対比的に見えます。対比として捉えるならば、「吾が生の行くゆく休《や》むを悲しむ」というべきでしょう。ところが原文は「感ず」なのです。「悲しむ」と言わず、「感ず」と言ったところに、陶淵明の死生観がうかがわれるのではないでしょうか。

自分も万物のなかの一つである。それゆえ自分も万物と同じく生と死の循環のなかにある。今、自然は命のきらめきに向かっている時節であり、自分は死へと傾斜していく。しかし死への傾斜も万物の動きの一つであって、それはそのまま受け入れるほかない。受け入れることによって自分も万物の一つとなりうる。自分の死を万物が「時を得」たプロセスのなかに組み入れることによって、死を自然なものとして受け入れることができる。――そうしたさまざまな思いをあらわすことばが「感ず」であると思います。
このように読み取ると、次の箇所になめらかに続いていきます。

已矣乎《やんぬるかな》、形《かたち》を宇内《うだい》に寓《ぐう》するは能《よ》く幾時《いくとき》ぞ、
曷《なん》ぞ心《こころ》を委《ゆだ》ねて去留《きょりゅう》に任《まか》さざる。

已矣乎、寓形宇内能幾時、
曷不委心任去留。

ああ、この身を世界のなかに置くのはいかほどの時間か、
どうして心を自然にゆだねて生も死もなりゆくままにしないのか。（「帰去来の辞」）

この世を「去る」、この世に「留まる」、つまりは死ぬのも生きるのも、自然にまかせようというのです。

――富貴はわたしの願いではない。仙界は期待できない。季節のいい時に独りで歩いたり、はたけ仕事に精を出したりしよう。東の丘に登って歌をうたったり、清い流れに臨んで詩を作ろう。

そして次の二句で「帰去来の辞」は結ばれます。

聊《いささ》か化《か》に乗《じょう》じて以《もっ》て尽《つ》くるに帰《き》し、
夫《か》の天命《てんめい》を楽《たの》しみて復《ま》た奚《なに》をか疑《うたが》わん。

聊乗化以帰尽、
楽夫天命復奚疑。

まずは万物の変化と一体になって死に帰ろう。
天命なるものを楽しんで何も思い惑うことはない。

(「帰去来の辞」)

自分の死を恐れた陶淵明は、生も死も自然のなかの一つの営みであると捉え、自然と一つになることによって自分の死をそのまま受け入れようと考えます。これが陶淵明の死生観の帰着と言えましょう。

ただ、「帰去来の辞」でこのような境地に到達した陶淵明が、そのまま静かに生をまっとうしたか否かは、わかりません。自然と一体になることで死の恐れは解消されると考えたあとも、やはりまた自分という存在がこの世から消えることを思い、惑いを繰り返したのではなかったでしょうか。悟りきった陶淵明よりも、何度も同じ思考を反芻《はんすう》する陶淵明のほうが、わたしたちに近しい存在であるように思います。

十二　死を乗り越える

蕉林酌酒図(明，陳洪綬，天津市芸術博物館蔵)

1　死を無化する

荘子の妻が亡くなった時、友人の恵子《けいし》が弔いに赴くと、荘子はなんと足を投げ出し、鉢をたたきながら歌をうたっていました。恵子がそれをとがめて言います。

——ともに暮らし、子どもを育て、老いを迎えた人だ。それが亡くなって泣きもしないというのは、それだけでも人の道に悖《もと》るが、そのうえ鉢をたたいて歌をうたうとは、あんまりじゃないか。

それに対して荘子は、当初は自分も悲しんだが、このように思い直したと言って、次のように答えます。

其《そ》の始《はじ》まりを察《さっ》するに本《もと》は生無《せいな》し。徒《ただ》に生無《せいな》きに非《あら》ず、而《しこ》うして本《もと》形無《かたちな》し。徒《ただ》に形《かたち》無《な》きに非《あら》ず、而《しこ》うして本《もと》気無《きな》し。

察其始而本無生。非徒無生也、而本無形。非徒無形也、而本無気。

始原を考えてみれば、もともと生はなかった。生がなかっただけではない。もともと肉体という形もなかった。形がなかっただけではない。もともと形を作る「気」すらなかった。

（『荘子』至楽《しらく》篇）

「気」というのは、中国の世界観の根幹をなすもので、宇宙に充満している、目には見えない物質です。それが凝集して万物を作り出す、と考えられていました。

――宇宙の始原には気すらなかった。もやもやした状態から気が生まれ、気が変化して形が生まれる。形が変化して人が生まれる。

そして荘子はさらに語り続けます。

――人が変化して死が訪れる。それは春夏秋冬の四季が次々と変化するようなものだ。今、ゆったりと「巨室に寝《い》ぬ」、天地の間という巨大な部屋のなかで寝ている、それを悲しむのは万物は変化するという道理をわきまえないからだ。

このように荘子は悲哀を超越したゆえんを説きます。

「気」とか「変化」とか、中国の思想の核心は簡単には理解しにくいにしても、生まれる前には何もなかった、死は何もない状態に戻っただけだ、というふうに考えれば、少なくとも理屈のうえではわからないではありません。

興味深いのは、「盆を鼓して歌」っていたのを恵子になじられた時、荘子は「是《こ》れ其《そ》の始めに死するや、我独り何ぞ能《よ》く概然《がいぜん》(慨然)たらんや」――妻が死んだばかりの時はわたしだって心を痛めずにはいられなかった、と語っていることです。しかし考えて見たら云々と、先に挙げたことばが続きます。荘子でも最初は悲傷していたのです。それが人としての自然の情なのでしょう。おのずと胸にあふれる悲しみの情を、独自の哲学によって乗り越えようとする。情にうちひしがれそうになった時、知の働きによってなんとか解決しようとする。荘子の心のなかのせめぎ合いに、人間らしさが感じられます。

『荘子』至楽篇にはまた、荘子と髑髏《どくろ》の問答が記されています。

荘子が楚の国に行くと、枯れ果てた髑髏を見かけます。荘子は馬の鞭《むち》でそれを叩きながら尋ねます。

——あなたは生をむさぼり理にさからったためにこうなったのか。あるいは国が滅びるに際して殺されたのか。それとも悪行の結果、父母妻子に累《るい》を及ぼすのを恥じてこうなったのか。食べる物も着る物もなくてこうなったのか。寿命が尽きてこうなったのか。

なじるかのように矢継ぎ早に問いを投げかけると、荘子は髑髏を枕に寝ます。その夜、夢のなかに髑髏があらわれて、荘子に語りかけます。

——君の言ったことはみな生きている人が縛られる苦しみだが、死んでしまえばそんな苦しみはまるでない。死というのは上に君主もないし下に臣下もない。暑かったり寒かったりの季節もない。のんびりと天地と一体になっている。国王ですらこれほどの楽しみはなかろう。

荘子はそのことばが信じられず、もう一度もとの体に戻して家族の待つ所に返してあげようかと問いかけます。

するとと髑髏は顔をしかめてこう言います。

吾《われ》安《いず》くんぞ能《よ》く南面《なんめん》の王《おう》の楽《たの》しみを棄《す》てて、復《ま》た人間《じんかん》の労《ろう》を為《な》さんや。

吾安能棄南面王楽、而復為人間之労乎。

わたしはどうして国王の楽しみを棄てて、この世の苦労をすることなどできようか。

（『荘子』至楽篇）

死は生きている間は免れられないさまざまな苦悩から免れた、平穏な世界だと髑髏は述べて、生の世界に戻ることを断りました。

2 生への意志

後漢後半の作と思われる「古詩十九首」には、人の生のはかなさ、それがもたらす悲愁を忘れるために、快楽に逃げ込もうとする思いが繰り返してうたわれていることはすでに見ました（第三章）。人生の無常を嘆く詩歌は、その後も連綿《れんめん》と続きます。

しかし中国の文学の大きな存在――陶淵明、杜甫、白居易、蘇軾といった人たちの詩文のなかには、無常観のもたらす抒情性は意外なほど少ないのです。むしろ反対に人生や人間を肯定し、限りある生を生きてゆこうとする意志がうたわれています。そこが日本の文学と異なる、中国の文学らしい特質ではないかと考えられます。

たとえば「古詩十九首」に続いてすぐ登場する曹操。曹操といえば前にも述べたように、『三国志』の奸雄ですが、文学のうえでも新しい時代を切り開いた重要な人です。彼の「短歌《たんか》行《こう》」という楽府《がふ》は次の四句でうたいおこされます。

対酒当歌　酒《さけ》に対《たい》して当《まさ》に歌《うた》うべし
人生幾何　人生《じんせい》　幾何《いくばく》ぞ
譬如朝露　譬《たと》えば朝露《ちょうろ》の如《ごと》し
去日苦多　去《さ》りし日《ひ》は苦《はなは》だ多《おお》し

酒を前にさあ歌おう。人の命はいかほどもない。
それはたとえば朝の露。過ぎた日ばかりが積み重なる。

これはまさに「古詩十九首」そのままの、無常を飲酒で忘れようという歌いぶりです。ところがそれは歌い出しだけで、いつの間にか統治者としての抱負をうたう方向に詩がすり替わってゆきます。若くすぐれた人材を得たい、そういう人を招いて治世の力にしたいという意欲がうたわれます。

また曹操の「歩出夏門行《ほしゅつかもんこう》」という楽府は、全篇、生きる意欲そのものをうたっています。

神亀雖寿　神亀《しんき》　寿《じゅ》なりと雖《いえど》も
猶有竟時　猶《な》お竟《つ》くる時有《ときあ》り
騰蛇乗霧　騰蛇《とうじゃ》　霧《きり》に乗《の》るも
終為土灰　終《つい》には土灰《どかい》と為《な》る

めでたき亀は長命といったところで、命の尽きる時は来る。天翔《あまが》ける龍は霧に乗り空を飛んでも、ついには土塊《つちくれ》に帰《き》す。

これに次の四句が続きます。

老驥《ろうき》　櫪《れき》に伏《ふく》するも、志《こころざし》は千里《せんり》に在《あ》り。
烈士《れっし》の暮年《ぼねん》、壮心《そうしん》　已《や》まず。

老驥伏櫪、　志在千里。
烈士暮年、　壮心不已。

老いたる名馬は厩《うまや》に伏す身となろうと、その意気は千里を駆け巡る。
老境を迎えた丈夫《ますらお》の、猛き心は衰えない。

（「歩出夏門行」）

そして最後の四句、

盈縮之期　盈縮《えいしゅく》の期《き》は

不但在天　但《た》だ天《てん》に在《あ》るのみならず
養怡之福　養怡《ようい》の福《ふく》
可得永年　永年《えいねん》を得《う》べし

命の長短は、天が決めるだけではない。
身と心を磨けば、長寿も引き寄せられる。

長寿といわれる亀や龍でも、やがては死に至る。人は老い、肉体は衰えても、精神は奮い立たせることができる。寿命は天によって決められるものではない。精神と肉体の鍛錬によって長生きも可能なのだ——ここには人間自身のもつ力に対する揺るぎない信頼があります。運命とあきらめることもなく、仙界に登って不老長生を希求することもなく、自分の力を尽くすことによって生を充実させようという意志に満ちています。

3　生の肯定

「人生　寄するが如し」――人の生は仮の宿り、これが生のはかなさを嘆く悲観のことばであったことは、第二章で見ました。ところが宋代に至ると、蘇軾《そしょく》(号を用いて蘇東坡《そとうば》と称されます)はそれを楽観のことばに転じて人生を肯定したことを、山本和義氏が論じています(『詩人と造物――蘇軾論考』)。

たとえば、こんな詩があります。

吾生如寄耳　　吾《わ》が生《せい》は寄《よ》するが如《ごと》きのみ
寧独為此別　　寧《なん》ぞ独《ひと》り此《こ》の別《わか》れを為《な》さん
別離随処有　　別離《べつり》は随処《ずいしょ》に有《あ》り
悲悩縁愛結　　悲悩《ひのう》は愛《あい》の結《むす》ぶに縁《よ》る

（「徐州を罷《や》めて南京に往く、馬上　筆を走らせて子由《しゆう》(弟の蘇轍《そてつ》)に寄す」五首　その一）

わたしの人生は仮の宿り、この別れだけが別れではない。
別れはどこへ行ってもあるもの、悲しみは愛着の思いから引き起こされる。

蘇軾は自分の人生を高みに立って広い視野のなかで捉える。「寄するが如き」人生であるから、これからもさまざまなことが起こるだろう。人生をそういうものだと受け止めれば、今自分が囚われている思いからも解き放たれる。さまざまなことが起こりうる人生、それを自分から進んで味わうことにしよう——山本氏は蘇軾の生きる態度をそのように捉えます。

蘇軾は文人、学者、そして書画をよくする人であったのに加えて、政治家としても卓越した存在でした。卓越していたがゆえに、当時の政争——王安石《おうあんせき》を代表とする新法党《しんぽうとう》と対立する旧《きゅう》法党《ほうとう》の領袖《りょうしゅう》として、官界では何度も憂き目を見ました。死罪になりそうな処罰を受けたこともありました。政敵とみなされ一生のほとんどを僻遠の地に追いやられ、厳しい境遇から免れなかったにもかかわらず、彼はどんな地に行っても、いかなる状況に置かれても、常に力強く生き抜きました。そうした精神の強靱さを支えていたのが、「寄するが如き」人生をそのまま受け止めようとする、積極的な人生観であったのです。

よく知られた「赤壁《せきへき》の賦」、そこにも彼の生きることに対する態度は示されています。死罪を免れて黄州に流謫《るたく》されていた時期のこと、友人とともに近くの赤壁に舟を浮かべました。長江を照らす月を見ながら、友人は悲観のことばを吐きます。

――ここはかの曹操が呉と蜀の連合軍と戦った古戦場ではないか。曹操といえば「槊《ほこ》を横たえて詩を賦す」、一世に名高い天下の英傑であった。その彼ですら今やこの世から消えてしまった。ましてわれわれのごとき者、死んでしまえば何ものこらない。

そして友人は、「吾が生の須臾《しゅゆ》なるを哀しみ、長江の窮《きわ》まり無きを羨む（自分の一生の短さを悲しみ、無窮の長江を羨しく思う）」と、人生のはかなさを嘆きます。

それに対して蘇軾はこう答えます。

――水の流れはこのように流れ去るけれども、流れてなくなることはなく、次から次へと水は流れ来る。月は満ちては欠けるけれども、盈虚《えいきょ》を繰り返してなくなることはない。変化という点から見たら長江も月もわれわれ人間も変化するに違いないが、不変という点から見たら、長江も月も人間も尽きることはなく存在し続ける。しかも造物主は今、われわれの前にこの美しい風景を惜しみなく見せてくれている。まずはそれを享受しようではないか。

こうして蘇軾は与えられた条件をそのまま受け入れ、生のもろもろの場面を能動的に生きる生き方を語ります。

蘇軾にしても、2節の曹操にしても、悲観を乗り越えて人の生を肯定する生き方、それを語るのが中国の文学の際《きわ》だった特質と考えられます。

4　死よりも生を

『論語』のなかにみえる孔子のことばで始めたこの本は、最後も孔子のことばで締めくくることにしましょう。

楚の国の葉公《しょうこう》が、孔子はどんな人であるかと、弟子の子路《しろ》に尋ねました。子路はその場で何も答えませんでした。そのことを聞いた孔子は「君はなぜ言わなかったのか、こんな人間だと言ってほしかったのに」と、孔子が自分のことを語ったのが次のことばです。

女《なんじ》奚《なん》ぞ曰《い》わざるや、其《そ》の人《ひと》と為《な》りや、憤《いきどお》りを発《はっ》して食《しょく》を忘《わす》れ、楽《たの》しみて以《もっ》て憂《うれ》いを忘《わす》れ、老《お》いの将《まさ》に至《いた》らんとするを知《し》らざる云爾《のみ》と。

女奚不曰、其為人也、発憤忘食、楽以忘憂、不知老之将至云爾。

君はどうしてこう答えなかったのか、その人物たるや、興奮して食事も忘れてしまい、楽しむばかりで悲しみも忘れてしまい、老いが迫ってくるのも知らずにいる、そんな人だと。（述而《じゅつじ》篇）

「憤りを発す」と日本語に読み下しますと、なんだか「憤慨する」、「腹を立てる」といった意味のように聞こえますが、もとの意味は、大きな興奮で気持ちが昂《たか》ぶること、それが「発憤」です。食事を忘れるほどの興奮、何がそんな気持ちの高揚をもたらしたのか、ここでは説明されていません。しかしそれは何でもよい。孔子は落ち着き払った聖人、そんな印象がありますが、実は心の昂ぶりにわれを忘れてしまう、感情の放逸《ほういつ》に身をまかせる人でもありました。

「楽しみて以て憂いを忘る」——悲しみも喜びも人の感情です。悲しみに胸ふたぐことがあっても、楽しいことに没頭して悲しみなど忘れてしまう。意識して自分の感情を操作するのではなく、喜びがおのずと悲しみを越えて胸いっぱいに拡がる、そんな無邪気な、子どものような人だと、自分のことを言っています。

「老いの将《まさ》に至らんとするを知らず」——老い、そしてそれに続く死、それが念頭になかったわけではありません。しかし今、自分が何かに夢中になっているあまり、老いが近づくことも忘れてしまう。

死は人の必定《ひつじょう》です。やがて来るそれを、来ないうちから思い悩んでもどうなるものでもない。それを忘れるほどに今の楽しいことに熱中して生きる。自分はそんな人間だと孔子は語ります。

しかし孔子が実際にそうであったというよりも、自分はこうありたいという孔子の願望を言っているのではないでしょうか。孔子の実像であれ願望であれ、ここにくっきりと浮かび上がる人物像は、時代を超えて共感を呼ぶことは確かです。人間にとって死の問題が解決できないものだとしたら、せめてここで言うように、死を忘れて今の生に没頭して生きたいものです。

ところで『論語』のこの条は、陶淵明の詩のなかにも引かれています。十二首の「雑詩」、その第四首は次の二句で始まっています。

丈夫志四海　丈夫《じょうふ》は四海《しかい》に志《こころざ》すも
我願不知老　我《われ》は老《お》いを知《し》らざるを願《ねが》う

男子たるもの、世の中全体に大きな志をもつものだが、わたしは孔子が言ったように「老いが迫るのも気付かない」ようでありたい。

「四海に志す」は、自分が世界全体に作用を及ぼそうとする意志、具体的に言えば政治的な意欲です。男は自分一人の身を思い煩うのではなく、世界に働きかける行動をこそ目指すものだ。そうではあるけれども、わたしは違う。老いを忘れてしまうような生き方をしたい。陶淵明は世の中を救済することより、自分がいかに生きるかのほうに関心を向けます。これは「公」よりも、「私」を大切にしようとする、世間とは異なる価値観の言明といえます。「公」の影に埋もれがちな「私」を、人間にとって重要な価値として捉えるのは、陶淵明の文学全体を通して見られる特徴です。
では陶淵明にとって、老いを忘れて夢中になる暮らしとはどんなものであったか。詩は具体的に綴っていきます。

親戚共一処　親戚《しんせき》　共《とも》に一《ひと》つに処《お》り
子孫還相保　子孫《しそん》　還《ま》た相《あ》い保《たも》つ
觴絃肆朝日　觴絃《しょうげん》　朝日《ちょうじつ》に肆《ほしいまま》にし
樽中酒不燥　樽中《そんちゅう》　酒《さけ》　燥《かわ》かず
緩帯尽歓娯　帯《おび》を緩《ゆる》やかにして歓娯《かんご》を尽《つ》くし
起晩眠常早　起《お》くるは晩《おそ》く　眠《ねむ》るは常《つね》に早《はや》し

身内の者たちがみな一緒に住み、子どもや孫たちもまた支え合う。
朝っぱらから酒や琴《きん》に明け暮れ、樽のなかは酒が底をつくことがない。
帯を緩めてさんざんに楽しみ、起きるのは遅く、寝るのはいつも早い。

一族同居という家庭生活、そして日がな一日、酒や音楽の歓楽に浸る愉楽に満ちた暮らし、それが陶淵明の欲する理想の生き方だといいます。つまりは私生活を楽しむ態度です。

孰若当世士　　孰若《いずれ》ぞ　当世《とうせい》の士《し》の
氷炭満懐抱　　氷炭《ひょうたん》　懐抱《かいほう》に満《み》つるに
百年帰丘壟　　百年《ひゃくねん》　丘壟《きゅうろう》に帰《き》して
用此空名道　　此《こ》の空名《くうめい》を用《もつ》て道《い》わる

どちらがいいのか、今を時めく人たちが、正義と利益という氷炭相容れぬ欲望で胸をいっぱいにしているのと。

彼らはやがて寿命尽きて墓中の人となり、むなしい名声だけが言い伝えられるのだろう。

世間で活躍して名を挙げる、しかし死後に名をのこしたところで何にもならない。それよりも毎日を自分が納得のいくように生きることにしよう、と陶淵明は語っています。それが彼にとっての「老いを知らず」して生きる生のありかたでした。

老いの迫るのにも気付かず、夢中になる生の内容は、人によってそれぞれに異なることでしょう。陶淵明の場合は平凡で平穏な私生活を求めているのですが、孔子のほうはもっと激しい没入を欲していたようです。おそらくそれは孔子が理想とする世の中を実現するために、われを忘れて奔走する──公的な使命のための熱中が、その内容だったはずです。

熱中する対象は各人各様であっても、「老いの将《まさ》に至らんとするを知らず」は、孔子に遅れること二千五百年のわたしたちにもそのまま胸に入ってくる、老いの生き方であるに違いありません。

さらに読み進むために——あとがきに代えて

生と死をめぐって語られた中国のことばのなかから、わたし自身の印象にのこったものを集めてみました。本書はそれを紹介したにとどまりますが、読者の方々もそれらのことばに何か触発されるものを汲み取っていただければ幸いです。

それぞれの書物のなかから、ほんの一部を抜き書きしたに過ぎません。これを機にさらに読み進んでいただくために、引用した本のなかで手に入りやすいものを以下に記します。

第一章

『論語』——吉川幸次郎『論語』(上・下)〈朝日選書　中国古典選　朝日新聞出版社〉

金谷治『論語』〈岩波文庫〉

『抱朴子』——本田済『抱朴子』(内篇・外篇1・2)〈東洋文庫　平凡社〉

『万葉集』　佐竹昭広、山田英雄、工藤力男、大谷雅夫、山崎福之『万葉集』（二）〔岩波文庫〕

第二章

『文選』　小尾郊一、花房英樹『文選』（一）〜（七）〔全釈漢文大系　集英社〕
川合康三、富永一登、釜谷武志、浅見洋二、和田英信、緑川英樹『文選　詩篇』（一）〜（六）〔岩波文庫、近刊〕

『列子』　小林勝人『列子』（上・下）〔岩波文庫〕
小林信明『列子』〔新釈漢文大系　明治書院〕
福永光司『列子』（一・二）〔東洋文庫　平凡社〕

白居易　岡村繁『白氏文集』（一）〜（十六）〔新釈漢文大系　明治書院〕

『荘子』　金谷治『荘子』（一）〜（四）〔岩波文庫〕
福永光司、興膳宏『荘子』（内篇・外篇・雑篇）〔ちくま学芸文庫〕

第三章

『漢書』　小竹武夫『漢書』（一）〜（八）〔ちくま学芸文庫〕
前野直彬『唐詩選』（上・中・下）〔岩波文庫〕

劉希夷　沓掛良彦『讃酒詩話』〔岩波書店〕

	『ルバイヤート』	オマル・ハイヤーム、小川亮作訳『ルバイヤート』〈岩波文庫〉
	『詩経』	加納喜光『詩経』(上・下)〈中国の古典　学習研究社〉
	「西門行」	川合康三『新編　中国名詩選』(上)〈岩波文庫〉
第四章	『史記』	小川環樹、今鷹真、福島吉彦『史記世家』(上・中・下)〈岩波文庫〉
		『史記列伝』(一)〜(五)〈岩波文庫〉
	『世説新語』	井波律子『世説新語』(一)〜(五)〈東洋文庫　平凡社〉
第五章	『戦国策』	林秀一『戦国策』(上・中・下)〈新釈漢文大系　明治書院〉
	『歴史』	ヘロドトス、松平千秋訳『歴史』(上・中・下)〈岩波文庫〉
第六章	『孟子』	小林勝人『孟子』(上・下)〈岩波文庫〉
第七章	『春秋左氏伝』	小倉芳彦『春秋左氏伝』(上・中・下)〈岩波文庫〉
	『淮南子』	楠山春樹『淮南子』(上・中・下)〈新釈漢文大系　明治書院〉
第八章	『浮生六記』	沈復、松枝茂夫訳『浮生六記』〈岩波文庫〉
	李清照「金石録後序」	興膳宏『中国名文選』〈岩波新書〉

第九章　『老子』

三浦國雄『不老不死という欲望――中国人の夢と実践』（人文書院）
スウィフト、平井正穂訳『ガリヴァー旅行記』（岩波文庫）
蜂屋邦夫『老子』（岩波文庫）
金谷治『死と運命――中国古代の思索』（法蔵館）

第十章・第十一章　陶淵明

田部井文雄、上田武『陶淵明集全釈』（明治書院）
松枝茂夫、和田武司『陶淵明全集』（上・下）（岩波文庫）
川合康三『中国の自伝文学』（創文社）

第十二章　蘇軾

小川環樹、山本和義『蘇東坡詩選』（岩波文庫）
山本和義『詩人と造物――蘇軾論考』（研文出版）

本書の執筆にあたっては、岩波新書編集部の坂本純子さんのお力添えをいただきました。渋谷の丘の研究室で何回かおしゃべりするうちに、しだいにかたちができあがっていきました。図版については、この本についてもまた中国芸術論の専家、宇佐美文理さん（京都大学教授）に選んでいただきました。お二人に深い感謝を捧げます。

二〇一七年八月

川合康三

五代(907〜960)			
宋	北宋 (960〜1126)	『太平広記』(978 成書) 『太平御覧』(983 成書) 『雲笈七籤』(1021 成書) 蘇軾(1036〜1101)「赤壁の賦」 郭茂倩(1041〜1099)『楽府詩集』 李清照(1084〜1155？)「金石録後序」	
	南宋 (1127〜1279)		オマル・ハイヤーム (1048〜1131) 『ルバイヤート』 鴨長明 (1155〜1216) 『方丈記』
元(1279〜1367)			
明(1368〜1661)		帰有光(1506〜1571)	
清(1662〜1911)		沈復(1763〜？)『浮世六記』	スウィフト (1667〜1745) 『ガリヴァー旅行記』

関連年表

後漢(25〜220)		班固(32〜92)『漢書』 「薤露」 「西門行」 「古詩十九首」 曹操(155〜220) 王粲(177〜217) 司馬懿(179〜251) 諸葛亮(181〜234) 曹植(192〜232)	
三国(魏・呉・蜀)		曹丕(187〜226) 阮籍(210〜263) 嵆康(223〜262)	
晋	西晋 (265〜316)	羊祜(221〜278) 潘岳(247〜300) 陸機(261〜303) 武帝(司馬炎)(在位 266〜290) 欧陽建(？〜300)	
晋	東晋 (317〜419)	郭璞(276〜324) 葛洪(283〜343)『抱朴子』 陶淵明(365〜427)	
南北朝	宋(420〜479)	劉義慶(403〜444)『世説新語』 顔延之(384〜456) 謝霊運(385〜433)	
南北朝	南斉 (479〜502)		
南北朝	梁(502〜557)	昭明太子蕭統(501〜531)『文選』	
南北朝	陳(557〜589)		
隋(581〜617)			
唐(618〜907)		李善(？〜690) 劉希夷(651〜679？) 白居易(772〜846)	山上憶良 (660？〜 733？) 『万葉集』

関連年表

<table>
<tr><th colspan="3">王朝(年代)</th><th>この本に出てくる人名・書名</th><th>中国以外の人名・書名</th></tr>
<tr><td colspan="3">殷(前17世紀頃〜前11世紀頃)</td><td></td><td></td></tr>
<tr><td rowspan="3">周</td><td>西周</td><td>(前1100頃〜前770頃)</td><td></td><td></td></tr>
<tr><td rowspan="2">東周</td><td>春秋時代(前770〜前403)</td><td>『詩経』(前6世紀頃)
老子(前6世紀頃)『老子』
秦の穆公(在位前659〜前621)
孔子(前552〜前479)『論語』
斉の景公(在位前547〜前490)
晏子(?〜前500)
老萊子(?)</td><td>アルカイオス(前6世紀頃)</td></tr>
<tr><td>戦国時代(前403〜前222)</td><td>楚の宣王(在位前370〜前340)
孟子(前372?〜前289)『孟子』
荘子(前369?〜前286?)『荘子』
范雎(?)
尸子(?)『尸子』
列御寇?(前4世紀頃)『列子』</td><td>ヘロドトス(前485?〜前420)『歴史』</td></tr>
<tr><td colspan="3">秦(前221〜前207)</td><td>始皇帝(前259〜前210)
李斯(?〜前208)</td><td></td></tr>
<tr><td colspan="3">前漢(前206〜後8)</td><td>漢の高祖劉邦(在位前202〜前195)
漢の文帝(在位前180〜前157)
淮南王劉安(前179〜前122)『淮南子』
司馬相如(?〜前118)
漢の武帝(前157〜前87)
司馬遷(前145〜前87)『史記』
蘇武(前140?〜前60)
李陵(?〜前74)
揚雄(前53〜後18)『法言』</td><td></td></tr>
<tr><td colspan="3">新(8〜23)</td><td></td><td></td></tr>
</table>

川合康三

1948年浜松市生まれ．1976年京都大学大学院博士課程中退．博士(文学)．専攻は中国古典文学．東北大学文学部，京都大学文学部，台湾大学招聘教授，ブランダイス大学招聘教授を経て，現在，國學院大学文学部教授，京都大学名誉教授．
主な著書に『白楽天——官と隠のはざまで』『杜甫』(以上，岩波新書)，『漢詩のレッスン』(岩波ジュニア新書)，『白楽天詩選』(上・下，訳注)『新編 中国名詩選』(上・中・下，編訳)『李商隠詩選』(選訳)(以上，岩波文庫)，『中国の恋のうた——『詩経』から李商隠まで』(岩波セミナーブックス)，『中国の自伝文学』(創文社)，『終南山の変容——中唐文学論集』(研文出版)，『桃源郷——中国の楽園思想』(講談社選書メチエ)などがある．

生と死のことば 中国の名言を読む

岩波新書(新赤版)1683

2017年10月20日 第1刷発行

著 者 川合康三《かわいこうぞう》

発行者 岡本 厚

発行所 株式会社 岩波書店
〒101-8002 東京都千代田区一ツ橋2-5-5
案内 03-5210-4000 営業部 03-5210-4111
http://www.iwanami.co.jp/

新書編集部 03-5210-4054
http://www.iwanamishinsho.com/

印刷製本・法令印刷 カバー・半七印刷

ISBN 978-4-00-431683-1 Printed in Japan

岩波新書新赤版一〇〇〇点に際して

ひとつの時代が終わったと言われて久しい。だが、その先にいかなる時代を展望するのか、私たちはその輪郭すら描きえていない。二〇世紀から持ち越した課題の多くは、未だ解決の緒を見つけることのできないままであり、二一世紀が新たに招きよせた問題も少なくない。グローバル資本主義の浸透、憎悪の連鎖、暴力の応酬——世界は混沌として深い不安の只中にある。

現代社会においては変化が常態となり、速さと新しさに絶対的な価値が与えられた。消費社会の深化と情報技術の革命は、種々の境界を無くし、人々の生活やコミュニケーションの様式を根底から変容させてきた。ライフスタイルは多様化し、一面では個人の生き方をそれぞれが選びとる時代が始まっている。同時に、新たな格差が生まれ、様々な次元での亀裂や分断が深まっている。社会や歴史に対する意識が揺らぎ、普遍的な理念に対する根本的な懐疑や、現実を変えることへの無力感がひそかに根を張りつつある。そして生きることに誰もが困難を覚える時代が到来している。

しかし、日常生活のそれぞれの場で、自由と民主主義を獲得し実践することを通じて、私たち自身がそうした閉塞を乗り超え、希望の時代の幕開けを告げてゆくことは不可能ではあるまい。そのために、いま求められていること——それは、個と個の間で開かれた対話を積み重ねながら、人間らしく生きることの条件について一人ひとりが粘り強く思考することではないか。その営みの糧となるものが、教養に外ならないと私たちは考える。歴史とは何か、よく生きるとはいかなることか、世界そして人間はどこへ向かうべきなのか——こうした根源的な問いとの格闘が、文化と知の厚みを作り出し、個人と社会を支える基盤としての教養となった。まさにそのような教養への道案内こそ、岩波新書が創刊以来、追求してきたことである。

岩波新書は、日中戦争下の一九三八年一一月に赤版として創刊された。創刊の辞は、道義の精神に則らない日本の行動を憂慮し、批判的精神と良心的行動の欠如を戒めつつ、現代人の現代的教養を刊行の目的とする、と謳っている。以後、青版、黄版、新赤版と装いを改めながら、合計二五〇〇点余りを世に問うてきた。そして、いままた新赤版が一〇〇〇点を迎えたのを機に、人間の理性と良心への信頼を再確認し、それに裏打ちされた文化を培っていく決意を込めて、新しい装丁のもとに再出発したいと思う。一冊一冊から吹き出す新風が一人でも多くの読者の許に届くこと、そして希望ある時代への想像力を豊かにかき立てることを切に願う。

（二〇〇六年四月）

現代世界

習近平の中国 百年の夢と現実　林　望
中国のフロンティア　川島　真
シリア情勢　青山弘之
ルポ トランプ王国　金成隆一
ルポ 難民追跡 バルカンルートを行く　坂口裕彦
アメリカ政治の壁　渡辺将人
プーチンとG8の終焉　佐藤親賢
香港 中国と向き合う自由都市　倉田　徹／張イクマン
〈文化〉を捉え直す　渡辺　靖
イスラーム圏で働く　桜井啓子編
中南海 知られざる中国の中枢　稲垣　清
フォト・ドキュメンタリー 人間の尊厳　林　典子
(株)貧困大国アメリカ　堤　未果
女たちの韓流　山下英愛
新・現代アフリカ入門　勝俣　誠
中国の市民社会　李　妍焱
勝てないアメリカ　大治朋子
ブラジル 跳躍の軌跡　堀坂浩太郎
非アメリカを生きる　室　謙二
ネット大国中国　遠藤　誉
中国は、いま　国分良成編
ジプシーを訪ねて　関口義人
中国エネルギー事情　郭　四志
アメリカン・デモクラシーの逆説　渡辺　靖
ユーラシア胎動　堀江則雄
オバマ演説集　三浦俊章編訳
ルポ 貧困大国アメリカII　堤　未果
オバマは何を変えるか　砂田一郎
タイ 中進国の模索　末廣　昭
平和構築　東　大作
イスラエル　臼杵　陽
ドキュメント アメリカの金権政治　軽部謙介
ネイティブ・アメリカン　鎌田　遵
アフリカ・レポート　松本仁一
ヴェトナム新時代　坪井善明
イラクは食べる　酒井啓子
ルポ 貧困大国アメリカ　堤　未果
エビと日本人II　村井吉敬
北朝鮮は、いま　北朝鮮研究学会編／石坂浩一監訳
欧州連合 統治の論理とゆくえ　庄司克宏
バチカン　郷富佐子
国際連合 軌跡と展望　明石　康
アメリカよ、美しく年をとれ　猿谷　要
日中関係 戦後から新時代へ　毛里和子
いま平和とは　最上敏樹
「民族浄化」を裁く　多谷千香子
サウジアラビア　保坂修司
中国激流 13億のゆくえ　興梠一郎
多民族国家 中国　王　柯
国連とアメリカ　最上敏樹
東アジア共同体　谷口　誠

哲学・思想

岩波新書より

言語

やさしい日本語　庵　功雄
世界の名前　岩波書店辞典編集部 編
英語学習は早いほど良いのか　バトラー後藤裕子
ものの言いかた西東　小林　隆／澤村美幸
日本語スケッチ帳　田中章夫
日本語の考古学　今野真二
辞書の仕事　増井　元
実践 日本人の英語　マーク・ピーターセン
ことばの力学　白井恭弘
女ことばと日本語　中村桃子
テレビの日本語　加藤昌男
日本語雑記帳　田中章夫
英語で話すヒント　小松達也
仏教漢語50話　興膳　宏
語感トレーニング　中村　明
曲り角の日本語　水谷静夫
日本語の古典　山口仲美

日本語と時間　藤井貞和
ことばと思考　今井むつみ
漢文と東アジア　金　文京
漢語日暦　興膳　宏
外国語学習の科学　白井恭弘
日本語の源流を求めて　大野　晋
英文の読み方　行方昭夫
漢字伝来　大島正二
ことば遊びの楽しみ　阿刀田　高
日本語の歴史　山口仲美
日本の漢字　笹原宏之
ことばの由来　堀井令以知
コミュニケーション力　齋藤　孝
聖書でわかる英語表現　石黒マリーローズ
漢字と中国人　大島正二
日本語の教室　大野　晋
言語の興亡　R・M・W・ディクソン／大角　翠 訳
日本人はなぜ英語ができないか　鈴木孝夫
心にとどく英語　マーク・ピーターセン

日本語練習帳　大野　晋
翻訳と日本の近代　丸山真男／加藤周一
日本語ウォッチング　井上史雄
教養としての言語学　鈴木孝夫
日本語の起源〔新版〕　大野　晋
言語学とは何か　田中克彦
日本人の英語 正・続　マーク・ピーターセン
日本語と外国語　鈴木孝夫
日本語〔新版〕上・下　金田一春彦
日本語の構造　中島文雄
ことばとイメージ　川本茂雄
外国語上達法　千野栄一
記号論への招待　池上嘉彦
翻訳語成立事情　柳父　章
ことばと国家　田中克彦
日本語の文法を考える　大野　晋
日本の方言　柴田　武
言語と社会　ピーター・トラッドギル／土田　滋 訳
ことばと文化　鈴木孝夫

岩波新書より

世界史

ロシア革命 破局の8か月 池田嘉郎
天下と天朝の中国史 檀上寛
孫文 深町英夫
古代東アジアの女帝 入江曜子
新・韓国現代史 文京洙
ガリレオ裁判 田中一郎
人間・始皇帝 鶴間和幸
袁世凱 岡本隆司
二〇世紀の歴史 木畑洋一
イギリス史10講 近藤和彦
植民地朝鮮と日本 趙景達
シルクロードの古代都市 加藤九祚
中華人民共和国史〔新版〕 天児慧
物語 朝鮮王朝の滅亡 金重明
新・ローマ帝国衰亡史 南川高志
近代朝鮮と日本 趙景達
マヤ文明 青木和夫

四字熟語の中国史 冨谷至
李鴻章 岡本隆司
新しい世界史へ 羽田正
パル判事 中里成章
グランドツアー 18世紀イタリアへの旅 岡田温司
マルコムX 荒このみ
パリ 都市統治の近代 喜安朗
ノモンハン戦争 モンゴルと満洲国 田中克彦
中国という世界 竹内実
ウィーン 都市の近代 田口晃
空爆の歴史 荒井信一
紫禁城 入江曜子
ジャガイモのきた道 山本紀夫
北京 春名徹
創氏改名 水野直樹
溥儀 入江曜子
フランス史10講 柴田三千雄
地中海 樺山紘一

多神教と一神教 本村凌二
奇人と異才の中国史 井波律子
古代オリンピック 桜井万里子・橋場弦 編
ドイツ史10講 坂井榮八郎
ナチ・ドイツと言語 宮田光雄
離散するユダヤ人 小岸昭
現代史を学ぶ 溪内謙
アメリカ黒人の歴史〔新版〕 本田創造
上海一九三〇年 尾崎秀樹
サッチャー時代のイギリス 森嶋通夫
ゴマの来た道 小林貞作
文化大革命と現代中国 安藤正士・太田勝洪・辻康吾
ピープス氏の秘められた日記 臼田昭
中世ローマ帝国 渡辺金一
モロッコ 山田吉彦
シベリアに憑かれた人々 加藤九祚
インカ帝国 泉靖一
中国の隠者 富士正晴

岩波新書より

文学

正岡子規 人生のことば　復本一郎
『レ・ミゼラブル』の世界　西永良成
北原白秋 言葉の魔術師　今野真二
文庫解説ワンダーランド　斎藤美奈子
俳句世がたり　小沢信男
漱石のこころ　赤木昭夫
夏目漱石　十川信介
村上春樹は、むずかしい　加藤典洋
「私」をつくる 近代小説の試み　安藤宏
現代秀歌　永田和宏
言葉と歩く日記　多和田葉子
近代秀歌　永田和宏
杜甫　川合康三
古典力　齋藤孝
食べるギリシア人　丹下和彦
和本のすすめ　中野三敏
老いの歌　小高賢

魯迅　藤井省三
ラテンアメリカ十大小説　木村榮一
王朝文学の楽しみ　尾崎左永子
正岡子規 言葉と生きる　坪内稔典
文学フシギ帖　池内紀
ヴァレリー　清水徹
白楽天　川合康三
ぼくらの言葉塾　ねじめ正一
季語の誕生　宮坂静生
和歌とは何か　渡部泰明
ミステリーの人間学　廣野由美子
小林多喜二　ノーマ・フィールド
いくさ物語の世界　日下力
中国の五大小説 上 三国志演義・西遊記　井波律子
中国の五大小説 下 水滸伝・金瓶梅・紅楼夢　井波律子
中国名文選　興膳宏
アラビアンナイト　西尾哲夫
小説の読み書き　佐藤正午

森鷗外 文化の翻訳者　長島要一
チェーホフ　浦雅春
英語でよむ万葉集　リービ英雄
源氏物語の世界　日向一雅
俳人漱石　坪内稔典
花のある暮らし　栗田勇
読書力　齋藤孝
一億三千万人のための小説教室　高橋源一郎
ダルタニャンの生涯　佐藤賢一
花を旅する　栗田勇
一葉の四季　森まゆみ
中国文章家列伝　井波律子
翻訳はいかにすべきか　柳瀬尚紀
太宰治　細谷博
隅田川の文学　久保田淳
ジェイムズ・ジョイスの謎を解く　柳瀬尚紀
短歌をよむ　俵万智
西行　高橋英夫